KB079331

Harmony in the Rough Waves

거친파도 속의
하모니

❸

Harmony in the Rough Waves

거친파도 속의
하모니

③

신형범 지음

좋은땅

거친파도와 같은 험하기만 한 세상 속에 살고 있는 우리의 젊은이들.

그래도,
이 사회의 모든 젊은이들은
이 저자보다 훨씬 좋은 환경과 사회에서 살아온 사람들입니다.

그러나
현실을 힘들어하며 살아가는 사람들이 너무도 많은 것 같습니다.
그러기에,
생에 가장 중요하고 소중한 사랑하는 사람과 함께하는 결혼과 자녀라는
것도 잊어버리고 사는 세상이 되어 버리고 말았습니다.
힘들게 사는 모든 사람들은 능력이 없어서가 아닙니다.
단지 잠깐 자신의 가장 소중한
"생각"이라는 것을 잊어버렸고 헛되게 "시간"을 낭비하였기 때문입니다.

바다에 나가 거친파도에 빠졌을 때,
무서워하면 그 거친바다를 절대로 빠져 나올 수가 없습니다.
하지만 거친파도에 빠져도,
신속한 생각과 행동으로 정신만 바짝 차리면 그 험한 바다도 이길 수가
있습니다.

이렇듯,

우리의 삶에 있어 가장 큰 자산은 "생각"과 "시간"입니다.

"생각"만 있으면,

그 어떤 어려움도 이길 수 있으며,

"시간"을 소중하게 생각하면,

그 어떤 희망과 목표도 달성할 수가 있습니다.

절대로,

자신에게 가장 소중한 큰 자산인 "생각"과 "시간"을 버리지 마십시오,

여기

"거친파도 속의 하모니"는

어려운 역경 속에서도 "생각" 하나로, 그리고 "시간"을 죽이는 신속한 업무 처리로,

그 어려움을 이겨 낸다는 이야기들로 그려 낸 글입니다.

"거친파도"와 같은 현 사회에

모든 사람들에게 작은 "등대"가 되기를 바라며~~~~~~

Table of Contents
희망의 속삭임

———

1. 3류 인생들

지금은 모든 음식점들이 실내에서는 금연을 하고 있는데,
유독 이 식당만은 그렇지 않은 식당인 것 같다.

안에 들어가자 고기 굽는 연기와 담배 연기가 가득한데,
이곳저곳 테이블의 손님들은,
어느 테이블에선 식사를,
어느 테이블에서는 막걸리,
또 어느 테이블에는 맥주와 소주병이 늘어서 있다.

이렇게,
주위의 아무런 불평, 불만 그리고 무슨 간섭도 없는 식당인지
나름대로의 아주 편한 자유를 누리고 있는 곳인 것 같다.
마치,
6~70년대의 동네의 인정 넘치는 식당에 온 느낌이다.

그 한쪽,
몇 개의 낡은 테이블을 붙여 놓고, 열댓 명의 남자, 여자가 즐겁게들 술을
마시고 있었다.

몇몇 자리 위에는 아직도 밥그릇이 있는 것을 보니 저녁 식사 후의 술자리인 것 같았다.

차림새는 모두 말쑥하지는 않았지만 그렇다고 추하지도 않은 30대 중후반의 사람들이었다.

모두들
몇몇씩 술을 따라 건배도 하고,
서로 즐거운 대화도 하면서 정이 넘치는 분위기에서 저녁시간을 즐기고 있었다.

자신들의 일터 이야기,
또,
누구누구의 이야기 등으로 이야기를 하다,
이제는
사회 얘기와,
정치 이야기로 들어가자,
그때는,
서로 편이 나누어져 다투기까지 한다.

그러자
갑자기 한 남자가 들고 있던 막걸리 잔으로
쾅! 하고 테이블에 내리치며,
"야, 무슨 쓰레기 같은 정치판을 갖고 싸우고들 지랄이야!

그놈들이 너희들에게 해 준 것이 뭐가 있나?

사회는 어지럽고, 경제는 엉망이 되어

우리 같은 놈들이 아무리 발버둥 쳐도 이 쓰레기 같은 굴레에서 벗어날 수도 없어!"

라고 하자,

일행들은 잠시 조용해졌다.

그때,

옆에 있던, 그중에서는 그래도 젊은 한 친구가,

"형, 진정해요."

그러자,

그는,

"**성진**아,

너는 우리와 함께한 지가 불과 1년도 안 되니 잘 모를 거야.

우리가 이렇게 만나기 시작한 것은 벌써 6~7년이 넘어가고 있어.

학교 졸업 후 다니던 첫 직장을 잃고,

취업도 못 하고 여기저기 떠돌면서 어떻게 하든 자리를 잡으려고 발버둥 치면서 여기까지 왔지만 그 긴 시간 동안 더욱 더 암흑 속에 빠져 들어가 이제는 모두가 희망이라는 것은 사라진 인생들이야.

이제는 이 사회 자체가 싫다.

매일매일 나 자신은 죽어만 가고 있는 것 같다.

난,

오늘부로 이 생활도 마감한다.

이제 깊은 산속이나 들어가서 흙을 파먹고 사는 것이 훨씬 나을 것 같아.

내일 당장 떠나겠다.

　모두들 잘 있어라.”

하면서,

가방을 들고 나가 버렸다.

그가 나가자,

일행들은 모두 조용하다가,

임경수가 입을 열었다.

“나도 **영민**이 형 마음 충분히 이해할 수 있어.

우리가 몇 년이라는 긴 시간 동안 힘든 생활 속에서도 한 달에 몇 번씩 만나 같은 사람들끼리 서로에게 서로를 위로하며 그리고 서로 위로받고 살아왔지만,

그 긴 세월 동안 달라진 것은 하나도 없어.

그러는 사이 나이는 먹어 가고,

가족과도 소원해지고 정말 희망이라고는 전혀 없는 삶을 살아온 것이야.

나도 **영민**이 형처럼 멀리 떠나고 싶은 마음이야.”

그러자

조용한 성격의

손지하가,

“그래,

정말 우리가 서로서로를 위로하기 위하여

지금껏 만나 왔지만,

그 긴 시간 동안 변한 건 하나도 없었어.

하루하루, 매일매일

무슨 일을 할까?

어떡하면 돈을 벌까?

오직 그런 생각으로 시간을 보낸 세월이 너무 억울해.

멀어진 가족을 생각하면 눈물만 나고,

그동안 나이만 먹어 가고 있고….

나도 혼자 가만히 있으면 어떨 땐 무섭기까지 해."

이렇게

이야기하자,

모두들,

"그래, 맞아. 정말 우리에게 희망이라는 말은 없는 것 같아."

"하루하루가 깊은 암흑 속에 있는 것 같기도 해."

하면서,

지금의 어렵기만 한 마음의 심정들을 얘기한다.

그때,

성진이,

"**영민**이 형,

정말 떠나는 거 아니야?"

그러자 일행들은,

"그 형은 한번 마음먹으면 그렇게 하고도 남아."

그러자,

하나같이,

"정말 **영민**이 형 가 버리면 안 되는데!"
하면서 안타까운 걱정들을 한다.

그러자,
다시 **성진**이,
"이러고 있으면 안 되겠어.
내가 지금 **영민**이 형 집에 가 볼게요!"
하며,
밖으로 나간다.

하루하루 어떠한 목적도 없이 살아오면서 이렇게 만나면 서로 신세 한탄
을 하다가 술 한 잔씩 마시고 그리고 노래방에 가고 하면서 지금껏 살아왔
는데, 오늘 모임에서 지금까지 살아온 자신들의 덧없는 삶을 뒤돌아보게
되었다.

김성진,
올해 28살의, 일행 중 유일한 20대 청년으로,
대학 졸업 후,
모 기업에 입사하여 다니던 중 3일 동안의 야근 후 퇴근을 하다 심한 피
로감으로 인해 큰 교통사고를 내고 말았다. 그리고 그 사건으로 교도소에
있다가 출소를 하자 회사에서는 퇴사를 당하게 되고 다른 곳에 취업을 하
려 하여도 전과 때문에 취업도 못하고 유능한 젊은 청년은 이곳저곳을 다
니며 막일을 하다 이들과 어울리게 되었다.

헌데,

오늘의 만남에서,

유영민 형의 자괴감이 가득한 말을 듣자 지금까지 같이한 모두에게 안타까운 마음이 들게 되었다.

비록 자신은 다른 사람들보다 나이는 어렸지만 처해진 입지가 모두 비슷한 사람들이고 하루하루가 그 무엇을 생각할 수도 없는 고통 속에 지내다 보니 자신이 처해진 현재의 입장을 되돌아볼 생각조차 하여 보지를 못하고 살아왔다.

그런데,

오늘의 만남 중 터진 **유영민** 형의 말은 현재의 처지를 살아나게 하고 또 다른 무언가를 찾아야겠다는 생각도 할 수 있게 하는 계기도 되었다.

이러한 생각을 한 **성진**은,

곰곰이 이들과 함께한 1년 가까운 시간을 생각해 보았다.

그동안 이들과 만나 보니,

이들은 대부분 성품들이 착한 사람들로,

잠깐의 실수로 그 고통 속에 살며 다른 무엇을 생각지도 못하고 하루하루 반복되는 희망이 없는 삶들을 살고 있는 것 같았다.

현재,

우리의 사회,

교활한 자들은 자기 자신의 잘못으로 어려운 상황에 처하더라도,

잘못은 깨닫지 못하고 교활함으로 갖은 편법과 행동으로 법과 원칙을 무시해 가면서 더 큰 모순의 행동으로 살아가고들 있다.

그러나,
이곳에서 함께하는 사람들은 대부분 자신의 잘못이라는 자괴감 속에
그 고통스런 마음을 아무런 희망도 없는 하루하루에 의지하며 지우면서
살아가는 사람들이다.

이런 생각을 한 **성진**은,
'그래,
이러한 성실한 사람들과 나 자신을 위하여 무엇인가를 만들어 보자.'
하는 결심을 하게 되었다.

2. 암흑탈출 계획

다음 날,

일을 빠져 가면서 **유영민**의 옥탑방을 찾은 **성진**은 **영민** 형이 집을 정리하고 있는 것을 보고 깜짝 놀랐다.

영민도 **성진**이 일도 가지 않고 찾아온 것을 보고 놀라는 표정이다.

성진이 오기 전,

어제 그렇게 뛰쳐나간 **영민** 형에게 직접 전화하기도 뭐해서 함께 일하는 **임경수** 형에게 전화를 하니 오늘 일하러 나오지 않았다 하여,

이렇게 불쑥 찾은 것이다.

영민이,

"**성진**아,

너 일도 안 나가고 여기는 웬일이냐?"

라고 하자,

성진은,

"어제 형이 그러고 나갔는데 내가 어떻게 편히 일을 할 수 있어요?

그런데, 형!

지금 뭐 하는 거야?"

하고 묻자,

영민은,

"내가 어제 모든 거 정리한다고 했잖아.

나는 이제 나이가 나이니 억울할 것도 없어.

성진이 너는 아직 창창하니 다시 한번 잘 생각해서 앞날을 살아 봐."

하면서

계속 짐을 정리하고 있다.

그것을 보고,

성진이,

"형, 나 여기까지 왔는데 커피도 한 잔 안 줘?"

그러자,

"에구, 녀석 바쁜데 와서 귀찮게 하네."

하고 웃고는,

"야, 거기 평상에 앉아 있어!

나도 네 덕분에 커피나 한잔해야겠다."

하며 커피를 끓이기 시작했다.

잠시 후,

영민은 커피를 가지고 평상으로 와

성진과 나란히 앉아 커피를 마시기 시작했다.

커피를 마시며,

성진이 입을 열었다.

"형,

사실 나,

오늘 형하고 의논할 것이 있어서 왔어!"

라고 하자,

영민은,

"야, 임마.

가려는 사람과 뭐를 의논해!"

그러자,

성진이,

"형, 참 웃기네.

나도 형 때문에

아니, 형 덕분에 지금까지 이렇게 살아왔지 않아요.

그러니 형이 끝까지 책임지는 게 맞는 게 아냐?"

하자,

영민이,

"와, 참 미치겠네.

너 정말 웃기는 놈이네.

나는 지금 첩첩산중에 들어가 풀 베 먹고 살 수 있을 때까지만 살 놈이야.

그런 내가 어떻게 네놈을 책임져!"

그러자,

성진이

"나도 그렇게 살 거야.

그것이 이 쓰레기 같은 도시에서 사는 것보다 훨씬 나을 거야.

나도 어제 형 말을 듣고 많이 깨달았어."

그러면서,

빙그레 웃자,

영민이,

"네놈 참 어이없는 놈이구나."

하며 웃는다.

잠시 침묵이 이어지자,

성진이 진지한 목소리로,

"형,

사실 형 말을 듣고 나뿐 아니라 다른 사람 모두

지금 우리들의 심각함을 알게 되었어.

그래서 어제,

집에서 곰곰이 생각을 해 봤어.

무슨 좋은 방법이 없을까 하며.

그래서 생각을 해 본 건데,

우리 모두 이렇게 살아 봤자

국내 경기는 점점 더 나빠지고 있고,

이에 따라,

우리 모두의 실낱같은 희망도 점점 사라지고 없어질 것 같아.

그래서

내가 곰곰이 생각해 보았는데,

'여기서 이렇게 자포자기하면서 타락한 생활을 하느니,

차라리,

우리 모두,

숨 쉴 수 있는 공기라도 깨끗한 시골로 가서 살아 보는 것은 어떨까?'

하는 생각을 해 보았어.

당장은 그렇게 생각했지만,

이제,

그곳에서 우리가 할 수 있는 일은 무엇이 있을지 생각해 보려고 해.

우리가 시골로 들어간다면,

단 하루를 산다 해도 형들이나 누나들이나 지금 현재 어지러운 이곳에서

모든 걸 포기한 채,

거의 타락한 것과 같은 생활을 하는 것보다는 훨씬 낫지 않을까?

하는 생각을 해 보았어요."

라고 말을 하자,

영민이 심각하게 **성진**의 말을 듣더니,

"네 말도 일리가 있지만 그것이 어떻게 가능하겠냐?"

그러자,

성진이,

"형, 당장은 어렵지만,

몇 달의 준비기간을 거치고 모두가 한마음이 되어 준비한다면 충분히 가

능할 거야.

형이 좋다고만 한다면,

내가 계획을 세워 볼 테니 형이 앞장을 서 줘!"

그러자,

영민은,

"이놈이 사람 고민하게 만드네."

하면서,

잠깐 생각하더니,

"그래, 좋아!

그래도 우리들 중에 제일 똑똑한 네놈이 계획을 세운다 하니 네 말대로

한번 해 보자."

그러자,

성진이,

"고마워, 형.

그럼 내일 저녁에 다시 한번 만나요.

형은 내일 일을 다녀오시고,

나는 쉬면서 계획을 짜 볼게요.

그래서

계획이 세워지면,

돌아오는 토요일에 모두 다시 한번 만나요.

그때는,

식당에서 만나지 말고 형, 여기 넓은 이 옥상에서 만나요.

커피는 그날 형님이 쏘세요."

그러자 **영민**이 웃으며,

"이 자식 끝까지 나를 물고 늘어지는구나,

그래, 좋다. 알았다."

하며 **성진**의 등을 두드린다.

3. 삼삼작전

유영민과 만나고 자신의 오피스텔에 돌아온 **김성진**은 계획을 세우기 시작한다.

지금까지 함께한 일행들과 어울린 것은 불과 1년이 채 안 됐지만

이제,

인생의 중반이면 중반이라고 할 수 있는 나이에 하루하루의 고된 일자리 속에 며칠에 한 번씩 만나 술자리와 노래방 등에서 억지로 위안을 받으며 살아가야만 하는 그들을 보는 것이,

아직은 어린 나이인

성진으로서는 너무도 슬프기만 하였다.

'차라리 이 기회에,

모두가 이 어두운 삶 속에서 탈출할 수 있는 방법은 없을까?'

성진은

오늘은 자신의 유일한 밥줄인 노동 현장의 일도 나가지 않은 채 집 안에서 고심을 해 보기 시작하였다.

어떻게 설명을 할까?

어디서부터 시작을 할까?

모두가 함께 사는 방법은?

어떻게 모두의 지난 시간을 지우게 할까?

여러 가지를 생각하며 **성진**은

혼자서 수많은 방정식을 만들며 풀기 시작하였다.

그리고,

저녁 무렵,

성진은 다시 **영민** 형 집을 찾았다.

영민 형 집에 가자 그곳에는 **영민**이 형 후배인 **양진원** 형도 와 있었다.

양진원 형은 조금은 우직하면서도 아주 성실한 사람이라 **성진**이도 무척 좋아하는 형이다. 회사를 그만두면서 부인과 이혼한 뒤 화물차 보조 기사를 하며 혼자 쓸쓸이 지내는 형이다.

지난번 모임에는 나오지 않아서 못 만났는데 이렇게 보니 반가웠다.

둘은 서로 반갑게 인사를 하였다.

그러자,

진원이 웃으며,

"야, **성진**아.

너 지금 무슨 음모를 꾸미려 한다며."

그러자

성진이,

"형, 무슨 말이야!

형하고 누나들이 하도 불쌍해서

이 동생이라도 도와드리려 하고 있는데, 흐흐흐."

라고 하자,

영민이,

"그래, **성진**아. 생각 많이 했냐?"

그러자,

성진이 웃으며,

"응, 형. 아주 삼삼한 작전을 만들어 봤어!"

그러자,

진원이,

"뭐? 삼삼한 작전?"

하고 물으니,

성진이,

"우리 모두 여기서

삼 개월 동안 준비해서,

농촌에 들어가,

삼 년 동안 있으며 모든 것을 제자리로 돌려놓아 보자는 거야.

그래서 '**삼삼작전**'이라고 이름을 붙였어."

라고 말하자,

둘 다 모두 웃었다.

영민이,

"야, 그거 아주 재미있겠다.

야, 더 얘기해 봐!"

그러자,

성진이,

"형, 공짜가 어디 있어!

커피라도 한잔 줘!"

하자,

영민이 웃으며,

"알았어, 임마!"

하면서 커피 석 잔을 타 와 모두에게 준다.

커피를 맛있게 마신 **성진**이 이야기를 시작한다.

"형, 우리가,

이 **거친파도**에서 이기려면 모두 인내가 필요해.

지금까지 나는 어리지만,

그동안 함께했던 길다면 긴 시간에 항상 형들이나 누나들에게

안타까운 마음이 많이 든 것이 사실이야.

하루 종일 여기저기서 고된 일들을 하면서 조금씩이라도 발전되는 것이

아니라 하루하루 낭떠러지로 떨어지는 모습들을 보니

'결국 나도 이렇게 형들이나 누나들처럼 되는 것이 아닌가?'

하는 걱정 속에 하루하루를 산 것도 사실이야.

그래서

어제 깊이 생각해 보니,

이 기회를 모든 것을 새롭게 만드는 계기로 삼자,

싶어서

1차로 함께하고자 하는

형과 누나들에 신청을 받고,

그것이 결정되면,

삼 개월 동안 준비하여 모두 농촌으로 들어가,

삼 년 동안 고행을 하면서

그동안

도시에서 망가진 몸과 마음을 깨끗이 하여,

작지만 보람 있게 살 수 있는 기반을 만들어 보자,

하고 구상을 하였어.”

그러자,

영민이,

“**성진**아,

그리만 된다면 얼마나 좋겠니.

그러나,

그것이 가능하겠니?”

그러자

성진이,

“형 모두가 인내와 노력만 가지면 충분히 가능해.

아직 완성된 계획이 아니라,

지금 내가 단정적인 말은 못 하지만,

어제,

하나하나 계획을 세우면서 그림을 그려 보니 충분히 가능할 것 같아요.

그러나,

가장 중요한 것은 매일매일 거의 타락하다시피 살아온 사람들이

고통을 참으며 모든 것을 이기면서 생활하여야만 하는 거야."

그러자 얘기를 듣고 난,

진원이,

"음, 그런 생활도 나쁘지 않을 것 같네.

우선 술, 담배, 여자의 구렁텅이에서 벗어날 수만 있다면.

그리고,

지금의 매일매일 똑같은,

거의 타락한 생활에서 벗어날 수만 있다면."

이에,

영민도,

"나도 그렇게 생각해.

지금 우리 친구들이 모두 살아온 습관도 그렇지만 이렇게 살아온 내가 과연,

올바른 내일을 만들며 살아갈 수 있을까 싶다.

그래서 내가 지난번 자리에서,

이런 내 자신이 싫어서

그리고 아무것도 생각하기 싫어서 혼자 조용한 곳에서 살다가 죽었으면

싫어서 떠나 버리려 한 거야.

십 년 가까이 쓰레기같이 살아온 나 자신의 부끄러운 생활,

그 과거만이라도

씻어 버릴 수가 있다면,

그 다음의 삶은 정말 인간답게

자식을 낳더라도 올바르게 키울 수 있고,

얼마나 좋겠니.

야!

성진아,

지금부터 네가 세부적인 그림을 그려 봐.

그럼 함께할 놈들은 내가 모아 볼게!"

그러자,

진원이,

"**영민** 형,

나도 함께할 거야!"

이에,

영민이,

"좋아,

이제 세 명이야."

그러자,

성진이,

"형, 좋아. 그럼 우리 오는 토요일 오후에,

이 옥상에서 다시 모이기로 하고

그때까지 함께할 사람들은 **영민** 형과 **진원** 형이 모아 줘.

이제부터

난 아무 일도 안 나가고

다음에 모이는 그때까지 세부적인 **'삼삼작전'**을 짜 볼게요!"

이렇게 세 사람은 "파이팅"을 외치고 헤어지게 되었다.

토요일 오후,

유영민의 옥탑방이 있는 넓은 옥상에는

제법 많은 사람들이 모였다.

손지하와 **성경화**는 **유영민**의 옥탑방을 드나들면서 오는 사람들에게

커피를 날라 주고 있었다.

그것을 보고,

성진이,

"와, 누나들 오늘 수고 많네.

커피 나르는 솜씨가 많이 해 본 솜씨네.

그냥 다 집어치우고,

누나들하고 커피숍이나 만들까?"

그러자
성경화가,
"**성진**아,
너 죽을래?"
하며 웃으며 **성진**에게 달려든다.

그러자,
평상과 의자에 앉아 있던 일행들이 재밌어하며 웃는다.

이렇게 많은 일행들이 다 모이자,
유영민이,
"야, 술집이 아니라 여기서 이렇게 모이는 것도 좋네."
라고 하자,

손지하가,
"오빠,
좋긴 뭐가 좋아요!
커피 나르느라 힘들어 죽겠는데."

그러자,
성진이 또,
"누나, 아무 걱정 마,
커피 값은 내가 확실하게 받을게!"
하자 또 웃음바다.

잠시 후,

유영민이 다시 말을 이어 간다.

"우리가 오늘 여기 모인 건,

하루하루 망가져 가는 우리들의 생활을 보고,

성진이 동생이 너무 안타까워 나에게 군사작전을 제안했기 때문이야.

'우리 모두 함께

지옥으로 가 보는 것이 어떠하겠습니까?

그곳에 가서,

몸과 마음을 정화시켜 다시 새로운 삶을 찾는 것이 현명한 삶이 아닙니까?'

라고 말을 하기에

가만히 생각하여 보니

성진의 생각이 정말 옳은 선택인 것 같아.

오늘 **김성진**의 계획을 모두 함께 듣고 싶어서

이렇게 모인 것일세.

자, 우리 다 같이 우리의 제갈공명, **김성진**을 큰 박수로 환영해 주게."

그러자,

모두들 **성진**이를 환영하는 박수를 친다.

그러자

성진이 멋쩍어하면서 **유영민**이 얘기했던 자리에 가서 이야기를 시작한다.

"자,

내가 제일 사랑하는,

우리 누나와 형님들 그간 잘 지내셨어요?

저는 지난번,

영민이 형님이 우리들의 모임 자리에서 큰 소리로 자책하는 이야기를 듣고,

정신이 번쩍 났습니다.

나는 형들이나 누나들처럼 오래 함께하지도 않았고 누나들이나 형들처럼 이러한 목적 없이 방황하는 삶을 산 지도 오래되지는 않았지만 지금과 같은 삶이란,

자신을 계속 망가트리며 사는 삶이란 것을 깨닫게 되었습니다.

하루하루,

이 일 저 일 닥치는 대로 하면서,

조금 일하고 돈을 받으면,

지나간 고생의 스트레스를 푼다는 명분으로 한잔하고 노래방 등을 가고 때로는 타락한 생활을 하면서 희망 없는 삶을 살아왔습니다.

또한,

지금껏 함께하는 우리 형과 누나들은,

제가 알기로는 가장 중요한 주위에 가족들이나 친한 친구들도 없습니다.

아니, 없는 것이 아니라,

제가 알기로는 만나지를 못하는 것입니다.

그것은 어린 저도 마찬가지입니다.

저 자신도 운전하다 사고를 낸 후 교도소에 갔다 온 뒤로는 취업은 고사하고 가족과 친구들의 얼굴을 볼 수가 없었습니다.

하지만,
이번에 **영민**이 형이 울분을 터트리면서 하는 얘기를 듣고 이 사회와 우리의 삶에 대하여 다시 한번 생각하게 되었습니다.

지금의 우리 사회는 뻔뻔한 인간과, 교활한 인간, 그리고 위선자들이 판을 치고 있는 세상입니다.

거기에 비하면,
우리는 정말 순수하기 짝이 없는 사람들입니다.
자신의 잘못을 알기에 주위에 미안해할 줄 안다는 것,
그렇기에 그 잘못을,
뉘우치기 위하여 주위의 가까움과 멀리 생활할 수밖에 없었다는 것,
거기까지는 좋았습니다.
그러나
그러한,
자신의 잘못을 자책하면서,
안타깝게
하루하루를 지내면서 이제는 나 자신도
옳지 못한 생활 속으로 빠져들고 말았습니다.

그것을

얼마 전,
영민이 형의 자책의 말로 깨닫게 되었습니다."

그러면서
성진은 **유영민**을 향하여,
"**영민**이 형 정말 감사합니다."
하며 꾸벅 인사를 한다.

그러자 함께하는 일행들이 박수를 친다.

"우리 **성진**이 최고다."
"**성진**이 때문에 우리도 깨달았다. 고맙다."
"우리 **성진**이 사랑해~"
"**영민**이 형 고마워요."

하며,
영민과 **성진**을 향해 박수를 친다.

4. 이심전심

성진의 말은 이어진다.

"이에 저는 지난 한 주, 일도 나가지 않으며 생각에 몰두했습니다.
'어찌하면, 우리의 이 방정식을 풀 수 있을까?'
하다가 하나의 방법을 생각해 보았습니다.
그리고 마침내
'혼탁한 도시를 떠나,
단 하루라도 그래도 아직까지는 도시보다 공기가 맑은 농촌으로 가자.
가서 노는 것이 아니라,
고생을 하더라도 모두 함께 보람찬 일을 찾아서 하여 보자.'
하고 결심을 하였습니다.

그러면,
무슨 일을 할까?
생각하다,
농산물 유통 사업을 하여 보자는 생각을 하게 되었습니다.

농산물은 우리가 생각하기로는 1차 산업으로
신선하고 깨끗하게 생각하고 있지만

실제로는 전혀 아닙니다.

농민들은,

도시의 교활한 수집상들에게 수확하기도 전에 밭 전체를 헐값으로 넘기는가 하면,

이제는 모든 농산물이 수입되어,

농약으로 범벅이 된 수입 농산물이 국산으로 둔갑하여 팔리기도 합니다.

이에 대부분이 노인 세대인 우리 농민들은 그 옛날의 어려운 농업이라는 굴레에서 아직도 벗어나지 못하고 있습니다.

그래서

저는 우리의 비록 작은 힘이지만,

농민들에게는 수확한 농산물의 수입을 지금보다 훨씬 많이 올릴 수 있도록 하고,

소비자들에게는,

순수한 우리 농산물을 지금보다 훨씬 저렴하게 구입할 수 있는 길을 만들어 보자, 하고 생각을 하게 되었습니다.

이 프로젝트는,

농산물을 산지의 농민들에게서 직접 구매하여 관리, 운송, 포장 등을 직접 우리 손으로 하여야 하기에 어쩌면 모두가 잠자는 시간 이외에는 쉴 시간도 없는, 우리의 현재까지의 삶보다 훨씬 힘들고 어려운 길을 걸어야 할 수도 있을 것입니다.

그렇지만,

함께하는 우리 모두는 그 고생이 순수하고 깨끗한 자신을 만들 수 있는 아주 소중한 계기가 될 수도 있을 것입니다.

그렇기에,
모든 걸 참고 인내하면서 함께하실 분들만 참여하실 수 있을 것입니다.

이 사업은,
우리가 앞으로 3개월 동안 농촌으로 떠날 모든 준비 작업을 하고,
농촌에서 이 프로젝트를 추진하여,
깨끗한 몸과 마음을 만들고,
모두에게
각자 작은 농장이라도 만들 수 있도록 하는 기간을 3년으로 잡고 있습니다.
그래서 비록 고생은 되는 프로젝트지만,
그래도 삼삼한 프로젝트이고,
삼 개월의 준비기간과,
삼 년 동안, 꿈과 희망을 만드는 고생의 고난을 생각하여,
우리의 작전명을 '**삼삼작전**'이라고 이름 지었습니다."

하고 얘기하자,
모두들
"힘들지만 정말 재미있겠다."
하며,
반가워들 하였다.

성진의 말은 다시 이어진다.

"이 프로젝트의 준비를 위해서,

우리는

먼저, 숙소와 작업장을 위하여 경기도와 충청도 사이의 놀고 있는 초대형 창고나 공장을 구하여야 합니다.

다행히 요즘은 국내 경기가 최악의 상태이기에 문 닫은 공장이나 창고들이 상당히 많은 편이어서 우리 **'삼삼작전'**의 유리한 기회이기도 합니다.

이에 처음에,

적당한 곳을 임대하여,

우리의 숙소를 만들고 작업장도 만듭시다.

이 모든 것은 모두 우리들의 힘으로 하여야 합니다.

두 번째는, 차량을 확보하여야 합니다.

산지로부터 농산물의 구매와 소비자에게 배달을 위한 차량도 여유 있게 확보하여야 합니다.

우리들 중에서도 차량을 보유하시고 계신 분들이 몇 분 계신 줄 알고 있습니다. 그분들께서는 필히 우리와 동참하여 주셨으면 합니다.

그리고

필요한 차량은 렌탈이나 저렴한 중고 차량을 매입하여 사용하려고 합니다.

다행히,

지금 우리와 함께하신 분들 중 택배나 화물운송 업무 경력이 있는 분들도 많이 계시는 줄 알고 있습니다.

그래서,

이 문제는 걱정을 하지 않고 있습니다.

이제,

가장 중요한 것은 자금입니다.

초기의 자금은 적지 않은 자금을 필요로 하고 있습니다.

이에,

이곳에서의 준비기간을 3개월로 잡은 것은,

3개월 동안의 수입은 단 한 푼도 쓰지 마시고 저금을 하셔서 '**삼삼작전**'의 초기 자금으로 사용할 수 있도록 하여 주시기 바랍니다.

그리고,

지금 거주하시는 주택도 모두 빼 주십시오.

앞으로 3년 동안 지금 사시는 집은 필요가 없습니다.

그리고 필요 없는 가구 등은 버려 주시고 꼭 필요한 몇 가지의 옷들만 챙겨 주셨으면 합니다.

우리는 그곳에 가서 고통을 이기며 고된 일을 하지만,

주목적은

도시생활에서 정신적, 육체적으로 망가진 나 자신의 모든 것을 3년의 수련으로 깨끗한 나로 정화시키며 작은 우리의 희망을 만드는 것이 주목적입니다.

깨끗한 자신을 만드는 것,

다른 모든 것은 하나도 필요가 없습니다.

오직,

단단히 결심한 자기 자신의 마음만 있으면 되는 것입니다.

그리고 시작은 바로 지금부터입니다."

그렇게 말한 **성진**이,

경리 분야 출신인,

손지하를 가리키며,

"누나, 신용불량자 아니지?

우리 자금 관리는 모두 누나가 맡아 줘.

그리고,

누나 계좌번호를 모두에게 문자로 보내 줘."

그리고는

"**손지하** 씨 계좌번호가 오면 지금 이 시간부터 생기는 자금 중 최저의 생활에 필요한 자금을 제외한 자금은 모두 그 계좌로 입금해 주시면 고맙겠습니다.

저도 오피스텔을 내놓아서,

어제 계약금을 받았습니다.

그 자금 내일 당장 입금하겠습니다."

라고 하니,

손지하가,

"그러다가,

나 잠수 타면 어떻게 하려구."

그러자,

성진이,

"그때는 나도 할 수 없이 누나 따라 잠수 타야지."

라고 하니,

모두가 웃는다.

"이제

저는 내일부터

영민이 형과 '**삼삼작전**'의 본부가 될 장소를 보러 다닐 것입니다.

그리고,

다음 토요일에는 마지막 미팅을 하려고 합니다.

그때는

'**삼삼작전**'의 세부작전 계획도 말씀드리고 형님이나 누님들의 의견을 듣는

시간도 가지려 합니다.

그리고 우리에게 가장 중요한,

우리 프로젝트의 제 나름대로의 수익구조도 말씀드려,

그것에 대하여서도 형님과 누나들의 의견도 들으려 합니다.

그날,

주위에 참여 희망자들이 계시면 모두 함께 나와 주셨으면 합니다.

장소는

카페 같은 것을 하루 전세 내어 모이려고 합니다.

장소가 결정되면 모든 분들께 연락드리도록 하겠습니다.

오늘 제가 너무 많은 말씀을 드려 미안합니다."

그렇게 마지막 인사를 하고 나서,

다시,

김성진이,

"아, 제가 깜빡했네요.

그날은 오실 때 회비를 5만 원씩 받겠습니다.

식사도 하여야 하고,

장소도 빌려야 하니,

회비는 준비하여 주시기 바랍니다.

그날 술은 없습니다.

그날 남는 돈은,

'삼삼작전' 금고에 저장하겠습니다."

하며 설명을 끝내자,

모두들

"성진아, 대단하다."

하며 탄복하면서 박수를 친다.

그때,

박상철이,

"그래, 우리 모두 시골에서 숙식을 하면서 작업을 하는 기분,

생각만 해도 즐거울 것 같다.

어쩌면 캠핑 온 것과 같은 기분도 날 것 같은데."

그러자 일행들은,

"그래, 맞아."

"아주 멋져." 하면서 또 좋아들 한다.

그리고,

유영민이,

"야, **성진**아. 정말 수고 많았다.

나머지 세부사항도 고생 좀 해 주렴."

하자,

성진이,

"예, 알았어요. 형!

이제 나는 조금 있으면 집도 없는 노숙자가 될 판이야."

그러자,

성경화가,

"그러면 그때, 이 누나 집으로 와!"

그러자,

성진이,

"어, 누나 분명히 말했어!

여기, 형들 다 들었어!"

성경화가,

"아~ 내가 잘못 말했나?"

라고 하자,

또 장내는 웃음바다다.

이때,

성진이,

이영애를 보고,

"**영애**야,

너는 이따 잠깐 보자."

하니

영애가 많은 사람들 앞에서 자기를 콕 집어 보자고 하니 난처한 듯,

"왜?"

하며 퉁명스럽게 말하자,

성진이,

"가시나,

시골 가기 전,

마지막으로 데이트 한 번 하고 가려고 했는데,

무섭기도 하네."

그러자 사람들이 또 다 웃는다.

그러자,

성진이,

"쇼핑몰 홈페이지 관련해 의논 좀 하려고."

라고 하자,

영애는,

"알았어!"

하고 대답한다.

이영애는 **김성진**과는 비슷한 나이로,

유일하게 IT전문가로 일을 하였으나 회사 내의 남자와 사랑을 하여 약혼

까지 하였으나 남자의 배신으로 인한 정신적 충격으로 마약에 빠져들어 직장에서 쫓겨나고 법의 심판을 받기도 하는 등의 험난한 상황 속을 헤매다,

그 이후 노래방 등을 전전하는 아르바이트 등으로 벼랑 끝 바닥 생활까지 하며 지내던 중 그래도 이 일행들을 알게 되어 지금까지 친분을 쌓아 가고 있었다.

그래도,

성진과 같이 20대 후반이기에,

이영애는 그간의 거친 삶을 지나오는 과정에 성격도 많이 변하여,

살갑지는 않지만,

그래도,

어떤 때는 어려움 같은 고민 등을 서로 털어놓고 허심탄회하게 의논하는 사이이기도 하다.

또한,

최근에는 그간 잊었던 자신의 전공을 **성진**의 도움으로 가끔은 그 분야의 프리랜서로 일을 하면서 자신의 흙탕물을 조금씩 씻어 가고 있는 중이다.

이렇게 하여,

오늘의 만남은 끝나게 되었다.

일행들이 모두 돌아간 뒤,

성진과 **영애**, 그리고 **영민**이 평상 위에 앉아 이야기를 하고 있다.

성진이 **영애**에게,

"**영애**야,

이 '**삼삼작전**'에서

네 역할이 가장 중요해.

우선,

초기의 기본은 쇼핑몰이야.

이 쇼핑몰은 일반 쇼핑몰하고는 차원이 다른 쇼핑몰을 만들어야 해.

매일매일 들어오는 농산물의 그날 가격과 물량을 입력하여야 하고,

그 물량에서 소비자가 얼마큼을 구매하면 바로바로 그만큼 마이너스가
된 물량이 표시되어야 하는 등,

일반 쇼핑몰보다는 훨씬 복잡한 구조를 가지고 있어."

라고 이야기하자,

영애는,

"야, 아무 걱정 마.

쇼핑몰 안에 너라도 넣어 달라면 넣어 줄게."

하자,

성진이,

"야, 나만 넣으면 어떡해. 너도 들어와야지!"

라고 하자,

영애가 웃으며,

"내가 왜 들어가니? 니가 좋아하는 **지하** 언니를 집어넣어 줄게!"

라고 하니,

영민이 옆에서,

"야,

너희들 지금 뭐 하는 거야!"

라고 하자,

모두들 웃음을 터트린다.

그리고,

성진이,

"그래, 쇼핑몰은 **영애**,

네가 있으니 걱정 안 해도 될 것 같다.

그리고

내일부터,

영민이 형과 장소를 보러 다닐 건데 너도 함께 다녔으면 좋겠어.

남자들만 있는 것이 아니라,

여자들도 함께 있어야 하는 곳이고,

또,

가장 중요한 것은 인터넷이니까,

장소가 결정되면 그곳에 인터넷 접속 상황은 네가 확인하여야 할 것 같아.

만약,

아무리 장소가 좋더라도,

인터넷 사정이 나쁘면,

얻을 수가 없을 거야.

참, 그리고 나는 잘 모르지만

데이터 센터라는 것도 필요할 것으로 생각되니 그것도 네가 알아봐 줘."

그러자,

영애가,

"맞아,

그것이 가장 중요한 것이기도 하지."

라고 이야기를 하자,

옆에서.

영민이,

"야~

우리 동생들 참 대단하다.

그래,

내일부터 **영애**도 함께 다니자."

하니,

영애도 좋아라 한다.

5. 희망의 수도원

다음 날,

세 사람은 **김성진**이 운전하는 **성진**의 소형차를 타고 지방으로 향하였다.

경기도 광주를 거쳐,

화성 쪽, 평택 쪽을 다니며 부동산에 들러 비어 있는 창고나 공장을 구경하고 다니고 있었다.

물건은 현재 국내의 경제상황을 말해 주는 듯 엄청나게 많이 나와 있었다.

그러다,

진천 가까운 곳에 있는 아주 마음에 드는 창고형 공장을 발견할 수 있었다. 만 평이 넘는 대지에 판넬로 지은, 한 동에 천 평 가까운 건물 4동이 있었는데, 지어 놓고 사용도 거의 하지 않은 듯 내외부가 모두 깨끗했다.

그리고,

가장 마음에 든 것은,

매물로 나온 부동산인데,

매매 계약을 하고 나서 입주 시까지 월세도 가능하다고 하여,

처음에 월세로 있다가 3년 안에 매입하는 조건으로 계약서를 써 주겠다

고 하여 그렇게 결정하였다.

대신,

매매 계약금으로 대신한 월세 보증금은 3년 안에 매입을 하지 못하였을 경우엔 임대인에게 귀속되는 조건으로 계약서를 작성하기로 하였다.

처음부터 '**삼삼작전**'은 운이 좋은 것 같았다.

일반 월세보다 훨씬 적은 보증금으로 계약하여 초기 자금의 큰 부담을 덜 수 있었다.

또한,

임대 건물에는 새로운 시설을 설치할 수 없어 임시 시설을 하여야 하지만,

이 건물은 매매를 전제로 임대하는 건물이기에 완벽한 시설을 할 수 있다는 것도 맘에 들었고,

가장 중요한 전기, 상하수도 시설도 지금까지 보고 온 다른 지역의 부동산과 달리 거의 완벽한 수준이었다.

그래서,

성진은 부동산에게 건물주와 통화를 하게 하여 계약을 성사시키고,

오늘 **손지하**에게 입금하기로 한 오피스텔 매매 계약금을 부동산의 구좌로 입금시켜 주고 가계약을 하였다.

이로써

'**삼삼작전**'의 1단계인 본부의 준비가 마무리되었다.

일행들은 예로부터,

생거진천(生居鎭川)이라는 별칭으로 불려온 진천에 건물을 얻은 것에 대하여 만족을 하였고,

이영애 또한 부동산으로부터

이곳의 인터넷 사정이 아주 좋다는 얘기를 듣고,

실제로 부동산의 인터넷과 연결된 컴퓨터를 이용하여 테스트를 해 보고

아주 만족하였다.

세 사람은,

공장의 여기저기를 사진으로 담아 서울로 향하였다.

오는 도중,

손지하, 양진원, 성경화는 공장이 궁금한지 수시로 전화를 해서

올라가는 대로 바로 만나기로 약속을 하였다.

올라오는 세 사람은

정말 마음이 가벼웠다.

유영민은

공장의 내부를 머릿속에 그리며,

누구누구를 시켜 내부 작업을 하여야겠다는 그림을 그리고 있고,

김성진은,

4동의 건물을 어떻게 사용할까 생각하고 있었고,

그리고,

이영애는

머릿속으로 전산시스템의 그림을 그려 가고 있었다.

서울에 도착한 일행은,

유영민을 내려주고,

성진과 **영애**는 **손지하**와 **성경화**를 만나기 위해 약속 장소로 갔다.

약속장소로 가자,

손지하와 **성경화**는 모두 5명이나 되는 자신들의 선배들과 함께 나와 있었다.

성진과 **영애**가 들어가자,

성경화가,

"아쭈, 둘이서 데이트 즐기네."

라고 하니,

영애가,

"언니!

내가 이 멍청이하고 왜 데이트를 해.

그냥 순수하게 업무차 만나는 거야."

하며 웃자,

성진이,

"야, 너 지금 뭐라고 그랬니!

뭐? 멍청이?"

라고 하니,

일행들 모두가 웃는다.

그러자,

영애가,

"아닌가?"

하면서 능청을 떨더니,

"근데, 언니들, 오늘 우리 아주 대단한 대어를 낚았어.

우리들 호텔 정말 너무 좋아!"

하며,

휴대폰에 잔뜩 찍어 온 건물의 사진을 보여 준다.

그러자,

손지하가,

"야, 정말 좋네.

나는 썩어 가는 공장에서 지내나 생각했는데,

여기로 결정한 거야?"

그러자,

영애가,

"그럼~

계약까지 했는데."

그러자

성경화가,

"뭐, 벌써?

돈이 어디 있어서?"

라고 하자,

영애가

성진을 가리키며,

"응, 얘가 화끈하게 쐈어."

그러자.

성진이,

"에그, 이 가시나가!"

라고 하자,

또 모두 웃고 난리들이다.

성경화와 같이 처음 온 여성들도 이들이 하는 이야기를 너무 재미있어하고 있었다.

이때,

손지하의 일행 하나가,

"**지하**야,

정말 좋은 곳인 것 같다.

그런 곳에서,

아무 잡념 없이 살 수만 있다면 얼마나 좋겠니!"

그러자,

지하가,

"언니가 뭐가 부족해서 그런 소릴 하는 거야!

집도 있겠다, 돈도 있겠다,

뭐 부족한 게 하나도 없잖아.

난,

항상 언니가 얼마나 부러운지 몰라…."

얘기하자,

그 여자는,

"야, 네가 무엇을 몰라서 그래.

밤에 혼자 있을 때면, 내 자신이 너무 불쌍하고 애처로워서 혼자 얼마나
우는지 몰라.

좀 어렸을 때만 해도 내 마음대로 돈이 들어오고,

어디 가서도 즐겁고 신나게 놀고,

그리고

밤이면 항상 황홀하고,

그런 모든 것이 너무너무 좋아서

나 자신이 자랑스러웠는데,

이제 이렇게

나이가 좀 들고 보니 그 모든 것이 부질없는 짓이고, 생각이었어.

주위 동창들 자식 데리고 학교에 가고,

휴일에는 가족들과 놀러도 가고 하는 것,

그것은 돈으로는 얻을 수 없는 소중한 것임을 이제야 깨달았단다.

지금이라도,

10여 년 전으로 돌아만 갈 수 있다면,

나는 당장 내 모든 거 다 버리고 갈 수도 있어.

나는 다니면서 수녀님들만 보면 그렇게 부러울 수가 없어.

언젠가는 운전하고 가다가 인도에 걸어가는 수녀를 보고 차를 세우고
하염없이 쳐다보다,

뒤 차가 얼마나 클랙슨을 울리는지 깜짝 놀란 적도 있단다."

그 말을 들은 일행 모두는 무언가 가슴에 뜨거움을 느끼고 있었다.

이러한 이야기 속에,
성진은 지금 일을 잘해내고 있는 스스로에게 감사를 느끼며
새로운 그림을 계속 그려 나가고 있었다.

모두와 약속을 한 토요일 오전,
변두리의 한 카페.

손지하와 **성경화**가 찾아 낸, 오늘 하루 '**삼삼작전**' 모임을 위하여
임대를 한 작지 않은 카페인데 사람들로 꽉 차 있었다.

약속시간에,
카페에 들어간
유영민, 김성진, 이영애는
자신들보다 일찍 온 많은 사람들을 보고 입을 다물 수가 없었다.
카페에 들어온 성진은,
가져온 스크린과 빔 프로젝트를 설치하고,
설명을 할 준비를 마쳤다.

이윽고
손지하 등 여성들이 모든 손님들에게 커피와 음료를 나누어 주었다.
일행들은 옆 사람과 환담도 하고 처음 온 사람들은 서로 인사를 나누었다.

어느 정도의 시간이 지나자,

유영민이 단상에 올라

오늘 와 주신 것에 대한 감사를 드리며 인사를 한 다음,

진천 건물의 사진을 빔 프로젝트를 통하여 스크린에 올리고 지역과 주위

환경,

그리고 건물에 대하여 자세히 설명을 하였다.

설명을 마치자,

참석자들은 모두 박수를 치며 기뻐하였다.

유영민이,

프로젝트 세부 설명에 대하여서는,

우리의 제갈공명인 **김성진**이 할 것이라 말하며

김성진을 소개하자,

또 한 번 참가자들은 박수로 환영하였다.

단상에 오른

김성진은,

설명을 하기 시작하였다.

"여러분, 이렇게 참여하여 주심에 다시 한번 감사를 드립니다.

이 모임은,

우리 '**삼삼작전**'의 서울에서 하는 처음이자 마지막 모임입니다.

삼삼하다.

'와~~ 저 여자 삼삼하게 생겼다' 하면서

예전에 남자들이 여자를 보면서 많이들 하던 말로,

그렇기에

사람들은 비속어, 또는 끼 있는 남자들이 만든 말로 생각들 하고 있었습니다.

그러나,

삼삼하다는 말은,

비속어도, 중국어도 아닌, 국어사전에도 있는 순수한 우리말입니다.

그 뜻도,

'음식에서는 좀 싱겁지만 맛이 있다'라는 좋은 평의 말로 쓰고,

사람에게는 '좋은 사람, 훌륭한 사람, 괜찮은 사람' 등의 의미로 쓸 때 사용하는 아주 기분 좋은 말입니다.

그래서,

우리는

음식의 '좀 싱겁지만 아주 맛있다'라는 뜻을,

우리 프로젝트가 예로부터 우리 주위에 가장 흔한 농산물을 취급한다고 하니 사람들이 처음에는 하찮게 생각하기도 하겠지만,

'어! 알고 보니 보기보다 좋은 사업이네'라는 뜻으로,

또는

국어사전에서 사람을 평하는 뜻인,

'좋은 사람, 훌륭한 사람, 괜찮은 사람'이라는 뜻을

우리 프로젝트에 붙이게 된 것입니다.

그리고 마지막으로 우리가 그려 낸 **'삼삼작전'**은,

도시에서

삼 개월의 준비 기간을 거쳐,

농촌에서,

삼 년간의 고행을 하여 타락된 도시의 먼지를 털어 내고 순수한 우리를 만든다는 뜻으로,

'삼삼작전'이라고 이름을 지었습니다."

라고 이야기하자,

또,

참가자들은 박수를 친다.

그리고 박수가 끝나자,

성진은 다시 말을 이어 갔다.

"그리고 앞으로의 설명을 위하여,

조금 전에 화면에서 보신 우리의 **'삼삼작전'** 본부의 이름을,

'희망의 수도원'이라고 지어 봤습니다.

수도원이란,

원래는 종교적으로 고행을 하며 수련을 하여 자기 자신을 닦는 곳의 의미로 알려져 왔습니다.

그래서,

그간 혼탁한 도시의 사치와 향락에 젖은 몸과 마음을 농산물 유통의 노동의 고행으로 이겨 내어 순수하고 맑은 자신을 만들어 미래의 희망을 갖도

록 하는 곳이라는 의미로 우리의 작전본부 이름을,
  '희망의 수도원'이라고 지어 보았습니다.

이 이름이 괜찮을 것 같다고 박수로 허락하시면,
앞으로의 설명에서는 공장이나 건물이라는 말은 쓰지 않고
'희망의 수도원'으로 명칭을 붙여 설명 드리겠습니다."

하고 말하자,
또 우레와 같은 박수가 터진다.

그때,
손지하가 일행들과 함께 앉아 있으면서,
일행들에게,
"우리 동생, 정말 똑똑하네."
라고 하자,
일행들도 모두
"그래, 맞아. 정말 대단한 친구야."
하면서 칭찬들을 한다.

박수가 끝나자,
성진은 다시 설명을 이어 갔다.

6. 행복한 농산물

"우리는 항상 물질이라는 조그마한 것만 생각하며 그것 때문에 자신의 소중한 것은 망가지고 있음을 의식도 못 하며 살아가고들 있습니다.

그러다 보면,

육체적인 것만이 아니라 육체보다 더욱 중요한 정신은 점차 병들어 가며 살게 됩니다.

이제,

우리 **'희망의 수도원'**에서는 모두의 순수한 노력으로,

우리 누님들에게는

잃어버린 아름다운 몸과 마음의 순결과 순수를 찾아드리고,

형님들에게는

우리 사회에서는 이미 실종된 의리와 관용을 찾을 수 있도록 할 것입니다.

이를 위하여,

우리는 이 사회에서 그래도 오랜 세월 싱싱함을 만들어 제공하는,

지금은 거의 노인들의 얼굴만 볼 수 있는 농촌의 생산물을 우리 수련의 도구로 삼을 것입니다.

타락하고 혼탁한 우리 사회는

그곳까지 손을 뻗어,

수확한 작물의 판매망도 가지고 있지 않은 노인들로부터 소위 '밭떼기'란 명목으로 수확도 하기 전에 헐값으로 사들여 농민들을 울리고,

도시의 소비자에게는 농약으로 범벅된 수입 농산물을 들여와 국산 농산물로 둔갑시켜 판매하고 있습니다.

이제

이러한 농산물을,

우리들의 힘으로 농민들에게는 현재보다 20%를 더 주어 구매하여 주고

소비자에게는 신선한 우리 농산물을 지금보다 20% 이상 저렴하게 구매할 수 있도록 하는 새로운 농산물 유통을 우리들의 손으로 만들 것입니다.

이를 위하여,

우리는 이곳 **'희망의 수도원'**에서 모든 가족들은 함께 자고, 식사하면서

1단계로 농산물을 산지로부터 '직접 구매하여 운송', '농산물 주문별 포장 작업', '포장된 농산물의 새벽 배송 작업' 등의 고되지만 즐거운 일로 우리의 몸과 마음을 정화하여 나갈 것입니다.

그리고,

2단계는 고된 새벽 배송을 전문으로 하는 배송업체를 만들어 그동안 고생한 형님과 누나들은 이곳에서 일정 기간 첨단 농업기술인 스마트 팜 영농 기술 등을 배워,

원하면 자신이 희망하는 전국의 어느 지역에서든지 영농을 할 수 있도록

하여 생산된 농산물은 이곳 **'희망의 수도원'**에서 100% 구매를 하여 주는 것입니다.

3단계는 이곳 **'희망의 수도원'**에 첨단 시설 건설을 착수하여 분류, 포장 등의 업무를 자동화 시스템으로 하여 대대적인 농산물 유통회사로서의 기반을 만드는 단계가 될 것입니다.

그리하여,
이곳의 수입은 모두 우리 **'희망의 수도원'** 회원들의 수입으로서 지속적이고 깨끗한 고정수입이 생길 수 있도록 하여,
우리 모두가,
평생 행복한 생활을 할 수 있는 기반을 만들 수 있도록 계획하고 있습니다.

그래서
이곳에서 취급하는 농산물의 이름도,
'행복한 농산물'이라고 이름 지었습니다.

그리고 또 하나의 중요한 것은,
3년 동안의,
'희망의 수도원' 생활을 함에 있어
모든 것을 정리하고 온 우리 가족들이지만,
사람에 따라서는 매월 규칙적으로 지불할 것이 있는 사람,
또는 꼭 필요한 곳에 지출할 자금이 있는 사람 등이 계실 것입니다.
그분들께는 **'희망의 수도원'**에서 지불하여 드릴 것입니다.

그리고,

여기서는 급여라는 말은 쓰지 않고

'우리들의 땀'이라는 말로 대신할 것이며,

'우리들의 땀'은

얼마가 되든,

우리 **손지하** 씨가 관리할 것이며,

그 **'우리들의 땀'**은 마지막에 공개하여 여러분들께 지불할 것입니다.

다음 마지막으로 중요한 말씀을 드리겠습니다.

이곳에 오실 때는,

그 혼탁한 사회의 타락한 생활에 젖어 있는 짐이나 옷들은 전부 정리하여 버리고 와 주십시오.

다만,

각자의 잠자리를 위한 소형 접이식 침대와 작은 옷장은 각자가 준비하시 는데 이것은 우리 **손지하, 성경화** 누나가 선정하여 말씀드리면 공동으로 저렴하게 구입하실 수 있을 것입니다.

또한 작은 옷장 등은 쓰시던 것을 그대로 가져오셔도 무방합니다.

그리고 개인에게 중요한 기념품이나 사진 등은 별도로 포장하여 가지고 오시면 **'희망의 수도원'**의 보관 창고에 보관토록 할 것입니다.

그리고

'희망의 수도원'의 금기 사항은,

음주와 문란한 행동의 남녀교제입니다.

그것은 우리가 지금까지 살아온 생활의 연장일 뿐이지.

순수함을 찾으려는 우리의 노력에 조금도 도움이 되지 않을 것입니다.

다만 서로의 진실한 남녀의 교제는 필요할 수도 있다고 생각합니다.

이상입니다.

그리고 차후 마케팅 계획 등,

세부사항은 추후,

'희망의 수도원'에 들어왔을 때 말씀드리겠습니다.

에구… 힘들어!"

하면서,

성진이 말을 마치자.

또다시,

우레와 같은 박수가 터져 나왔다.

이때,

한 남자가,

손을 들고 말을 한다.

"그럼,

잠자리는 남자, 여자 같이 잡니까?"

하자,

장내가 웃음바다가 되었다.

그러자,

성진이,

"에구,

형, 꿈도 야무지시네."

라고 하며,

"형은 고해성사를 하고 들어와야 될 것 같네."

라고 하자,

그러자,

한 여자가,

"아니야,

성진아.

너는 우리 여자들 방에 와서 자도 괜찮아!"

하자,

장내는 또 웃음소리가 물결치면서,

아울러

성진의 설명에 대한 화답의 박수가 그치지 않았다.

그리고,

참석자 모두는 다시 한번,

성진의 계획에 감탄을 하면서 앞으로의 고된 즐거움에 대한 기대를 하고

있었다.

"자, 누나들

우리 차 한 잔씩 더 주시면 안 돼요?"

성진이 말하자,

여자 일행 몇 명이 일어나 일행들에게 차를 나눠 주었다.

그리고
차를 마시는 사람들을 향해,
유영민이,

"자,
이제,
이곳에서 점심 식사를 하시고 쉬신 다음 오후에는 질문사항과 서로의 의견,
그리고,
처음으로 오신 분들과의 인사 등의 순서로
오늘의 행사를 진행하겠습니다."
라고
말을 하였다.

참석한 모든 사람들은 어떠한 고통이 따르더라도 지금까지 자신들에게 부끄러운 마음으로 살아온 세월을 말끔히 씻을 수만 있다면 그 이후에는 부끄럽지 않은 삶을 살 수 있겠다는 믿음 속에 오늘의 첫 모임에서부터 많은 만족들을 느끼고 있었다.

그날,
모임에 참석한 인원은,
무려 120명이 넘는 예상 밖의 많은 인원이었다.

그러나,

지금 우리 사회는 이곳에 있는 사람들처럼 자기의 현재의 삶이 어떻다는 것을 느끼지 못하고 사는 사람들이 대부분이다.

그로부터 1개월쯤 지난 어느 날,

성진은 오피스텔을 비워 주게 되었다.

실내의 거의 모든 짐은 정리하여 버리고,

가족의 사진과 옷가지 몇 개, 그리고 컴퓨터 등

생활에 꼭 필요한 것만 가지고

손지하와 함께 진천으로 향하였다.

그리고,

부동산을 찾아가 지난번의 '**희망의 수도원**' 계약의 잔금을 오피스텔 잔금으로 치르고 모자란 부분은 손지하의 통장에서 보태어 끝내기로 하였다.

그래서,

부동산에 가서 '**희망의 수도원**'에 관한 건에 대하여 마무리를 하고,

부동산에 전기와 수도 등을 정상으로 살리는 것은 건물주의 의무이니 건물주에게 연락하여 전기와 수도를 연결해 달라고 하였다.

그리고,

성진은 **손지하**와 함께 '**희망의 수도원**'으로 갔다.

이곳에 처음 와 본 **손지하**는,

생각보다 훨씬 뛰어난 경관과 건물을 보며 너무도 좋아하였다.

그래서,

둘은,

구석구석 샅샅이 돌아보며 이곳은 무엇이, 이곳은 무엇이 하며 앞으로 사용할 용도를 그리면서 살피고 있었다.

그곳을 살피고 난 두 사람은 정문에 열쇠가 없는 것을 보고,

손지하가,

"이제부터 건물이 손상되거나 화장실 등의 시설이 파손되면 우리의 책임이니 열쇠를 달아야겠다."

라고 하여,

진천 읍내에 나가

대형열쇠 몇 개를 사 와,

정문과 각 건물에 열쇠를 채웠다.

그리고 나서,

손지하가

"**성진**아, 이제 올라가자."

라고 하자,

성진은,

"아니야.

내가 누나 터미널까지 태워 줄 테니 누나 혼자 가."

라고 하자,

지하가

"얘가 미쳤니?

아직 아무것도 없는 이곳에 네가 어떻게 혼자 있어!

빨리 올라가."

그러자,

성진이,

"아니야.

난 여기서 조금씩 정리하고 있을게."

그러자

지하는,

"그냥 같이 가.

아직 전기도 수도도 없어.

오늘 얘기하고 왔으니 자기들이 임대료를 받으려면 내일이나 모레까지
는 연결이 될 거야.

그때, **경화**와 **영애**

모두 함께 와서 정리하자.

그때 올 때,

우리 팀 중에 트럭이 여유 있으면 아예 간단한 취사도구와 1차적으로 준
비할 물건들도 가지고 오면 좋겠는데."

라고

이야기하자,

성진이,

"역시, 내 누나야."

하면서

가지고 온 짐을 실내 한쪽에 넣고

'희망의 수도원'을 출발하였다.

서울에 도착하여

손지하 집 앞에서 섰다.

손지하는 차에서 내리다가,

"참, **성진**아.

너 이제 집도 없잖아.

그러자 **성진**이,

"응, 아무 데서나 자면 돼."

그러자,

지하가

"안 돼.

우리 집에 들어가자."

그러자,

성진이,

"에구, 그러다 큰일 나면 어쩌려구."

그러자 **지하**는 웃으며,

"뭐, 어때. 이제 고해성사 보러 진천에 갈 건데."

그러자 **성진**이,

"에구, 구미 당기네. 흐흐.

하지만 안 돼.

나 버릇이 나빠서. 흐흐.

정 안 되면 차에서 자면 돼.

나 갈게. 빨리 내려."

"그래, 조심해."

하고 **지하**가 내리자 **성진**은 차를 **유영민** 집으로 몰고 갔다.

　영민을 만난 **성진**은

　오늘 '**희망의 수도원**'의 계약을 한 것을 이야기하고 이제부터는 월세가 나가야 하니 **영민**에게 시간이 나는 형들을 시켜 가급적 빨리 준비 작업을 하도록 부탁하였다.

　그러자,

　영민은 '**희망의 수도원**' 계약이 벌써 마무리된 것에 대하여 놀라면서

　이제부터 일이 없는 휴일 등 시간이 날 때마다 진천에 가서 최대한 빨리 준비 작업을 하겠다고 말하고,

　성진이 **손지하** 등과 다녀와서 내부 구조 등이 확정되면 알려 달라고 하였다.

　진천을 다녀온 지 3일 뒤,

　성진은 또다시 '**희망의 수도원**'을 찾게 되었다.

　그동안 **성진**은 야간에는 사우나에서 지내야 했다.

7. 여왕의 동참

오늘은,

지난번 가기로 했던 **이영애**, **성경화** 외,

지난번 만난 **손지하**의 선배 되는 여자와 그의 친구 2명도 함께 가게 되었다.

다시 만난 **손지하**의 선배, **김미숙**은 **성진**을 보자 아주 반가워했다.

"에구,

잘생긴 우리 동생 반가워!"

라고 하자,

성진도 반가워서,

"어, 지난번에 고해성사한 누나 아니야?

저도 반가워요, 누나."

그렇게 말하자,

미숙은,

"호호,

그것 아직 기억해?

고해성사한 건 빨리 잊어야 하는 거야!"

하자,

모두가 밝게 웃는다.

그러자,

성진이,

"헌데 누나는 우리 **'희망의 수도원'**엔 왜 가시려고 해?

설마, 방해하려고 가는 건 아니시겠지?"

라고 하자,

미숙이,

"그래, 방해하러 가는 거야!"

하며 **성진**의 등을 두드린다.

일행들은,

김성진의 차와 **김미숙**의 차로 출발하게 되었다.

두 차의 트렁크에는 조립식 야외 테이블 등 그곳에 가서 꼭 필요한 물품과 먹거리 등이 실려 있었다.

'희망의 수도원'에 도착하자,

처음 온 일행들은 하나같이 맑은 시골의 신선한 모습이 좋은가 보다.

계속 두리번거리며 여기저기를 살피고 있었다.

전기, 수도 등은 다 복구되어 있었고,

건물주가 와서

정리를 했는지 마당도 전보다 많이 깨끗해져 있었다.

그러자,

꼼꼼한 **손지하**가

"문을 잠그고 왔는데 어떻게 들어왔지?"

하며 걱정스레 말하기에,

"아, 그거.

전기하고 수도 연결 때문에 그때 누나하고 올라올 때 부동산에 잠깐 들러서 내가 부동산에 열쇠 하나를 주고 왔어!"

라고 하니,

"아, 그러니."

하며 안심하는 표정이 된다.

실내에 들어가 전기를 켜자,

비록 백열등이지만 실내 분위기가 더욱 살아 있는 것 같은 느낌이 들었다.

여기저기를 살피던 일행은,

우선 급한 곳부터 청소를 하였고,

성진은 화장실을 우선 사용할 수 있도록 깨끗이 청소하였다.

그리고,

서로 의논하여,

1동은 남자 숙소로 결정하여 작업장과 함께 이용하고,

2동은 여자 숙소로 결정하여, 주방과 식당, 의무실, 그리고 직원들의 휴게실로 사용하기로 하였다.

또한, 3동은 전부 작업장으로 하고,

마지막 4동의 절반은 개인들의 짐과, 이곳에서 쓸 각종 자재의 창고로 사용하고,

절반은 농산물 보관창고로 사용하기로 하였다.

그리고,

4동의 농산물 보관 창고는 우선 임시로 단열재로 사방을 붙여서 보온, 보냉 효과를 주어 농산물의 신선도를 유지할 수 있도록 하자고 하였다.

또한 남녀 침실은,

냉난방을 위하여 벽과 천정에 단열재를 붙이고 천정은 낮게 하고 계단을 만들어 위는 2층으로도 활용할 수 있도록 하였다.

이렇게 즉석에서 기본 구조 활용계획을 마친 뒤,

일을 다 끝낸 일행들은,

야외 테이블에 앉아 따끈한 커피 한잔으로 자연을 즐기고 있었다.

그때,

성진이 웃으며 **미숙**을 보면서,

"누나!

난 누나가 방해하러 온 줄 알았는데,

와~~

일을 제일 잘하는 것 같애."

라고 하자,

미숙이,

"에구, 이놈이….

야, 아직 멀었어. 이제 두고 봐!"

하며 웃었다.

성진이,

"아니,

또 올 거예요?"

그러자,

미숙이,

"그래,

네놈하고 같이 있으려고 올 거야!"

하자

또 모두가 웃고 난리다.

삭막했던 창고 공장은 이렇게 점점 따뜻한 온기가 들어가고 있었다.

일행들은 모두 서울로 올라왔다.

서울에 도착하자,

김미숙이 일행 모두를 자신의 집으로 데리고 갔다.

미숙의 집은,

고급 아파트 단지의 대형 아파트였다.

들어가자,

모두 거실에 앉아

두리번거리며 집 안을 살피면서 화려함에 모두 감탄을 한다.

그리고,

성진이,

"쳇, 우리 왕누나,

이제 보니 완전히 황후마마네."

라고 하자,

미숙이,

"요게 오자마자 놀리고 있네."

하며 모두 즐거워하는데 가정부가 차를 가지고 온다.

일행들이 차를 마시며 오늘 하루의 피로를 풀고 있는데,

김미숙이 말을 꺼낸다.

"오늘 내가 그곳에 다녀오니 정말 좋았어.

그래서 하는 말인데,

지하야,

너 오시는 모든 사람들에게 간이침대 얘기를 하고,

각자에게 쓰고 있던 옷장을 가지고 오라고 했는데,

간이침대와,

작은 철제 옷장은 내가 모두에게 준비해 줄게."

그러자,

손지하가

놀라면서,

"아니야, 언니.

그러면 안 돼!"

하고 말하자,

미숙은,

"아니야.

이것도 내 고해성사의 하나야.

너희들을 만나고부터 정말 물질이라는 것은 사람에게 고통을 주는 것이지,

그 이상은 아무것도 아니라는 걸 깨달았어!

거기에 지난번,

지하 네가 진천 공장 이야기를 하면서 그 보증금을 성진이 하나밖에 없는
자신의 기둥인 오피스텔을 급매하여 그것으로 냈다고 했을 때 너무도 충격
받았단다.

어린 **성진**이도 모두를 위하여 자신의 전 재산을 던지는데,

나라는 사람은 지금까지의 삶에 괴로워하면서도

정작 물질이 개입되는 것에 대한 것은 인색했다는 느낌을 받았어.

그것은,

우리 사회의 사람들이 기본이라고 생각하는 물질만능주의라는 모순된
원칙이 몸에 배어 그것이 잘못된 것임을 느꼈을 때는,

이미,

그 모순이 기본이 되어 살아오는 과정에 정의나 정도보다는 편법과 욕심
그리고 비도덕적인 생활이 많아지면서 때로는 고통 속에 있을 수밖에 없는
상황을 만들며 살아가는 것 같아.

이제,

뒤늦게라도 그것을 깨달은 나는,

앞으로,

나 자신의 마음을 위하여 속죄하는 기분으로

지금까지의 모순 속에서 얻은 결과를,

맑은 내 자신을 만들기 위하여 아낌없이 없애 버릴 작정이야."

성진이 자신의 오피스텔을 팔아 진천 부동산을 만들었다는 말에,

아무것도 몰랐던,

성경화와 **이영애**는 놀란 표정을 지으며 **성진**의 얼굴을 쳐다본다.

그러자,

지하가,

"언니 말이 맞는 말인지 틀린 말인지 난 구분이 안 되는 것 같아.

이것도,

그런 모순된 습관에서 살아와서 그런가?"

하니,

성진이,

"왕누나,

결국은 내가 죽일 놈이네."

하며 웃었다.

그러자,

미숙이,

"아니야.

넌 영원한 내 사부님이야.

그러니,

이 누나 옆에서 조금도 떠날 생각하지 마,

알았지!"

하고 얘기하자,

또, 모두들 웃음판이 된다.

그리고 다시,

미숙이 이야기한다.

"나도,

이제 두 달 뒤면,

너희들과 같이 그곳에 들어가 있을 거야.

내가 그곳에 들어가게 되면,

나는 너희들보다 몇 배나 많은 혼탁하고 모순된 삶을 살아왔기에,

너희들보다 두 배, 세 배 노력하며 고생을 하려고 해.

아직 해 보지 않아서 잘은 모르겠지만,

그 고생은

더 이상

고생이 아니고,

그것이 곧,

행복일 것이라고 나는 생각해.

그러니,

지하야, **성진**아, **경화**야,

모두들 정말 고맙다."

라고 했다.

미숙의 친구 한 명이,

"그러면,

우린 어떡해야 되지?"

라고 하자,

미숙이,

"너희들은 멍청이들이니 그냥 그렇게 멍청이처럼 살아.

그러면 돼!"

라고 하자,

친구들이 웃으며,

"야, **미숙**아!

'너희들도 같이 가자'

라는 말보다 더 하네!"

하니 또 웃음판!

그때

미숙이,

"**성진**아, 서울에 있을 때는 여기 와서 있어.

누나가 잡아먹지 않을 테니."

하자,

그때,

영애가,

"언니,

나도 며칠 뒤엔 집을 비워 줘야 돼.

그럼 나도 여기 와 있을게.

그래야,

언니가 **성진**이 잡아먹는지, 안 먹는지 알지."

그러자 또 웃음판.

그러자,

미숙이,

"뭐? 그럼 너는 안 돼!"

라고 하자,

또 난리들이다.

그러자,

성진이,

"에구, 참으로 점잖은 사람 놓고 놀구들 있네."

하니

또~~~ 웃음판이 되었다.

이렇게,

그들은

돌아오는 주말에 다시 진천에 가기로 약속하고,

저녁 늦게까지

넓은 **미숙**의 집에서 즐거운 시간을 보내게 되었다.

8. 또 다른 인생

김미숙의 집에서 나와서
성경화, 손지하 두 사람은
성진의 차를 타고 각자의 집으로 돌아가고,
마지막에 **이영애**만 남게 되었다.
영애가,
"**성진**아,
우리 집에 잠깐 갔다 가."
그러자,
성진이 웃으며,
"너는 또 왜?"
하고 물으니,
영애는,
"왜, 나도 너 잡아먹을까 겁이 나니?"
라고 하면서,
"쇼핑몰 작업한 거
아직 완성은 안 됐지만 검토 좀 해 봐 줘."
그러자,
성진이,
"맞아.

제일 중요한 게, 쇼핑몰이 있었지!

그래, 가자!"

하여,

두 사람은 **이영애**의 집으로 향했다.

이영애의 집은 시 외곽의 작은 오피스텔로,

작지만 깨끗한 오피스텔이었다.

이영애의 이 집도 이제 일주일 안에 비워 주게 되어 있었다.

이영애는 **김성진**보다 이 팀에 합류한 것이 1년 이상이 더 되었기에,

처음 **김성진**이 왔을 때,

당시까지만 해도 **이영애**가 가장 어렸었는데

새로 들어온 **김성진**은 1살이 적었기에,

가뜩이나 거친 인생을 살아온

이영애는,

김성진을 아주 함부로 대하면서 지내 왔었다.

그러기에,

당시, 둘은 별로 친하지도 않은 사이이기도 하였다.

그리고,

이영애는 지금까지 마약에서부터 노래방 도우미까지,

인생의 바닥을 기는 삶을 살아왔기에,

그리고

그것을 모두 다 자신의 생활 속에 당연시하며 살아왔기에

무슨 요조숙녀와 같은 행동은 아예 할 생각은 물론, 하지도 않고 살아왔다.

그래서 함께하면서도 미소나 또는 밝은 표정 같은 것은 이미 사라진 지 오래인 여자였다.

그런데,

이번 일을 하면서,

성진과 함께하는 과정에서

이영애의 학력과 과거 회사에서 한 일을 **성진**은 들어서 알고 있었기에

이영애에게 부탁을 하게 된 것이다.

이에 **이영애**는,

지난날 자신이 쓰레기같이 살아온 삶을 자기 스스로가 너무도 잘 알고 있기에, 그래서 무슨 잘난 체하는 위선 같은 것도 버리고 살아왔는데,

처음,

유영민의 돌발 행동과,

이후 **김성진**의 새로운 삶에 대한 제의 등을 들으며,

겉으로는 가까운 언니들에게 내색은 하지 않았지만 속으로는 무척 반가웠다.

그렇게만 될 수 있다면,

또,

그 이후,

그러한 맑은 삶을 살 수 있다면,

그러면,

나도,

어쩌면 그동안 잊어버렸던, 여자다운 삶을 살 수 있지 않을까?
하는 기대도 조금은 하게 되었다.

헌데,
김성진으로부터,
홈페이지에 대한 부탁을 받은 것이다.

그래서
흔쾌히 승낙하여,
그간 잊어버렸던 전문 분야의 작업을 하면서,
차츰 소중하고 중요한 것이 무엇인지를 찾아가고 있었다.
그래서
그간,
수없이 들어오는 노래방 등의 추한 일자리의 요청도 거절하면서 새로운
삶을 위한 운행을 계속하는 중이다.

이영애의
집에 들어온 두 사람은,

이영애가 만들어 놓은,
'행복한 농산물'의 쇼핑몰과 홈페이지를 검토하면서 수정할 것은 수정하
고 추가할 것은 추가할 수 있게끔,
기술적, 관리적으로 검토해 가면서 늦은 밤까지 작업을 이어 갔다.
작업을 하는 과정에서,

이영애는 성진을 위하여 음식도 만들고,

차를 내오면서 야릇한 기분과 그간 잊었던 순수한 감정도 느낄 수 있었다.

그리고 **성진**을 대하던 태도도,

전처럼 거친 듯한 태도가 아닌 가끔은 정감 있는 모습도 보이기도 하였다.

작업이 끝나고 나서 **성진**이 가려고 하자,

영애가,

"지금 이 시간에 어디로 가려고 해!

여기서 자고 가!"

라고 하자,

성진은,

"아니야.

나도 피곤해서 여기서 자고 싶지만,

영애 니가 달려들까 봐 무서워서 싫어."

하며 웃으면서 말하자,

영애도

웃으면서,

"나도 잡아먹고 싶지만 네가 싫어하면 맛이 없어서 싫어!

그러니 편히 자고 가."

그러자,

성진이,

"알았어.

그럼 난 여기 소파에서 잘게!"

그러자,

영애가,

"안 돼. 거기서 불편해서 어떻게 자려구."

라고 하자,

"괜찮아.

자동차 안에서도 많이 자서 이제는 불편한 게 없어.

난 괜찮으니 **영애** 너나 침대에서 편히 자.

침대가 하나뿐인데,

어떻게 할 수 없잖아."

그러자,

영애는,

"그럼 알았어.

침대 위에서 나란히 같이 자려 했는데 네가 싫다니 할 수 없지 뭐!"

하며,

얇은 이불을 하나 가져다 **성진**에게 준다.

그러면서,

"피곤할 테니 어서 자."

하면서,

욕실에 가서 간단히 씻고 나와,

소파와 가까이 있는 침대에 올라 잠을 청한다.

다음 날 아침,

영애가 차려 준 아침으로 식사를 한 뒤,

성진은,

영애에게 다시 한번 홈페이지를 부탁하고 **영애**의 집을 나섰다.

성진이 집을 나가자,

영애는 빙그레 웃었다.

자신에게,

"**영애**야, 너 많이 변하고 착해진 것 같네.

남자하고 같이 있으면서 살려 준 것을 보니…"

하면서….

9. 일사 분란

이제,

'삼삼작전'의,

삼 년의 시작을 일주일 앞두고,

'희망의 수도원'에서

분주한 매일매일을 보내고 있는 **성진**은 오늘도 정신이 없었다.

2개월 동안 번갈아 오는 작업 팀들은,

이제 칸막이 등의 공사를 모두 끝내고 외부 정리 작업을 하고 있었다.

그동안,

김미숙은,

간이침대 200개, 옷장 200개와 주방시설용품, 사무집기,

그리고 휴게실의 집기와 자신의 집에서 가져온 초대형 TV, 오디오와 별도로 노래방 기기까지 설치하였다.

또한,

화물트럭도 5대를 장만하여 주는 등,

엄청난 **김미숙**의 지원으로 **손지하**는 지출이 거의 없이 **'희망의 수도원'**의 준비를 마칠 수 있었다.

이와 함께,

김미숙과 함께 참여한 여자들도 적지 않은 용품들을 보내와,

큰 힘을 주기도 하였다.

그리고 **손지하**는,

비록 모두의 내일을 위하여 만들어지는 **'희망의 수도원'**이지만 농산물 유통을 위하여서는 사업자 등록이 우선이므로,

일단,

모두와 의논을 하여,

김미숙, 유영민, 김성진, 손지하, 양진원, 이영애를 임원으로 하여

'행복한 농산물'이라는 법인을 설립하기로 하였다.

그리고 최초의 **대표이사**는,

극구 사양하는,

김미숙을 **김성진**이 설득하여 **대표이사**로 결정하였다.

그러나,

임원이나 **대표이사**는 사업을 함에 있어,

필수적인 것이지만 **'희망의 수도원'**에서는 그저 형식적인 직위이고,

모두가 동일하게 위아래가 없이 모든 일을 수행한다는 것을 원칙으로 결의하였다.

이영애가 담당하고 있는 전산 팀과 콜센터 팀은

과거 경력이 있거나 차분한 목소리의 여자들로 구성하고,

모든 물자와 물류 등의 관리는 **성경화**,

그리고 경리, 회계, 그리고 건물 등의 모든 관리는 **손지하**로 결정하였다.

그리고,

가장 바쁘고 중요한 산지의 농산물 구매는 지역별로 구분하여,

임경수, 박상철, 최영수가 전국을 누비게 되었고,

각 가정의 배달은,

이태호와 **박영호**가 전담하기로 하였다.

김성진에게는 총괄업무를 맡기려 했으나 본인이 결사적으로 반대를 하여,

유영민이 맡았고 전 차량의 운행관리는 **양진원**이 맡게 되었다.

그리고 '**희망의 수도원**'에 큰 기적이 일어났다.

참가 인원이 거의 200명 가까이 되고,

손지하의 통장으로 들어온 자금은,

1인당 최저 천만 원에서 삼 천만 원이 되었다. 자신이 살고 있던 전셋집을 정리하여 오 천만 원이 넘는 큰 금액을 입금한 사람도 적지 않았다.

그래서 최종적으로는

무려 80억 원이 넘는 어마어마한 자금이 모이게 되었다.

그래서,

임원 회의를 한 끝에,

'**희망의 수도원**'의 월세 계약을 바로 매매로 돌려 부동산 값을 전액 지불하고 곧바로 '**행복한 농산물**' 법인명으로 돌렸다.

그리고,

월세 임차 부동산의 막대한 시설비로,

남녀 공간 건물에 일반 대중목욕탕 수준의 목욕탕 2개와 건물 전체의 보
일러실과 냉방 설비도 새로 만들 수 있게 되었다.

이로서,

'희망의 수도원'은 최초에 계획했던 허리띠를 졸라매는 고행의 수도원에서,

그 어디에서 볼 수 없는 콘도 수준의 수도원으로 변하게 되었다.

김성진은,

자신이 계획을 세운 지 얼마 되지 않아 기적 같은 일이 벌어지자,

이제는, 정말 마음의 큰 부담을 가질 수밖에 없게 되었지만,

이에 따라 더욱 강한 자신의 의지를 불러오고 있었다.

이제

'삼삼작전'의

삼 년이 시작되기

전날이 되었다.

'희망의 수도원'

참가 인원은 3일 전 모두 도착하였다.

지금은 점심시간을 마치고,

모두 함께 주방과 식탁을 정리하고

여기저기 흩어져 있는 야외 테이블에 앉아 모르는 사람은 서로 인사를 하고 서로 담소들을 나누고 있었다.

김미숙, 김성진, 손지하, 유영민, 양진원, 성경화, 이영애 등 창립 멤버들도 야외 테이블에 앉아 한가한 오후의 시간을 커피를 마시며 즐기고 있었다.

열흘 전부터 **임경수, 박상철, 최영수**가 전국 농촌을 돌며,

해당 지역 농민들과 친분을 쌓아 가면서,

사과, 귤, 당근, 감자 등의 최초 마케팅을 위한 농산물을 대량 구매하여 농산물 창고에 쌓아 놓았다.

또한,

각 가정을 담당하는,

이태호와 **박영호**는 각 가정 홍보를 위한 전단지, 그리고 농산물 배달을 위해

'행복한 농산물' 로고가 들어간 끈이 달린 비닐봉투를 수십만 장을 준비하여 놓은 상태다.

모두는 지금 아름다운 꿈속을 헤매고 있었다.

10. 통 큰 배팅

오늘은,

이제,

'희망의 수도원'의 **'삼삼작전'**이 시작하는 날이다.

수도원의 모든 사람은,

3동의 작업장으로 모였다.

최초의 업무가 시작하는 날이지만 무슨 기념식 같은 행사는 전혀 없었다.

단지,

지금까지 **김성진**이 만들어 준 프로젝트를 종합하여 설명하는 것으로 3년
의 시작을 하는 것이다.

김성진이 장내 마이크로 설명을 시작하였다.

"형님과 누님들!

사랑하는 모두의 덕분으로,

오늘 이렇게 아름다운 꿈의 궁전을 만나게 되었습니다.

이것이야말로 이 세상에서 가장 깨끗한 우리를 만들어 주는 기적이라고
저는 생각합니다.

이 기적은,

인간의 모순된 욕심을 버린 순수한 우리 마음의 힘이 만들어 낸 결과입니다.

그러나

우리에게는 이제까지보다 더욱 많은 고난의 길이 기다리고 있습니다.

하지만,

우리가 이 아름다운 궁전을 만들었듯이 그 또한 아무런 문제가 되지 않을 것으로 생각합니다.

이제 시작은 지금부터입니다.

지금 이 시간,

우리는 최초로 고행의 수련을 시작합니다.

최초의 우리 목표는,

소비자에게 다가가는 것입니다.

오늘 작업은,

그동안 산지 구매 팀에서 전국을 돌면서 산지의 농민들과 유대를 쌓으면서 구매한 각종 농산물을 앞으로 우리의 고객들인 소비자들에게 아낌없이 뿌릴 것입니다.

우리 **'행복한 농산물'** 비닐봉투에 우리의 안내 팸플릿과 함께,

사과 2개, 바나나 2개, 귤 2개, 감자 3개 당근 1개씩 담아 이곳에서 가장 가까운

대단위 아파트를 시작으로 뿌리게 될 것입니다.

이것이,

우리 **'희망의 수도원'**의 첫 번째 작업입니다."

그러자,

한 여자분이,

"그럼, 그거 공짜로 뿌리는 건가요?"

그러자,

다른 사람들도 모두 그 질문에 공감을 하는 것 같았다.

그러자

성진이,

"네, 그렇습니다.

내일 새벽부터 우리 모두 나가,

무상으로 새벽에 모든 아파트 문고리에 걸어 놓을 것입니다."

그러자 한 남자가,

"그럼 그 자금이 엄청날 텐데!"

그러자,

성진이,

"맞아요, 형님.

이 홍보작업이 끝나면,

아마 약 2억 원 이상이 소요될 것 같습니다."

하니,

모두 말문이 막혀 말을 못 한다.

'아니, 저 녀석이 미쳤나!'

'2억 원이라는 그 엄청난 돈을 순식간에 없애 버리다니…'

하는 생각을 하는 사람이 대부분인 것 같았다.

그것을 느낀,

김성진은 웃으며 말을 이어 갔다.

"네, 모든 형님과 누님들이 생각하는 것처럼 지금의 이 작업이 미친 짓 같아 보일 수도 있을 것입니다.

요즘 기업들은 영업을 위하여 언론에 광고를 하고,

지역 상권은 길이나 또는 각 집에 전단지도 돌립니다.

그러나,

여러분들도 많이 접해 보셔서 아시겠지만,

그런 광고물을 받았을 때,

거의 대부분의 사람들은 귀찮게 생각하며 바로 쓰레기통에 버려 버립니다.

그 쓰레기통에 들어간 종이 한 장도,

기대를 갖고 홍보하려는 사람들은

많은 인쇄비를 들여 제작하고,

뿌리는 것 역시 많은 자금을 들여 사람을 사서 뿌립니다.

그러나 정작 효과는 그렇게 많지가 않습니다.

그것은 여러분들이 직접 경험을 해 보셨기에 너무도 잘 알고 계실 것입니다.

그럼,

제가 여러분들께 다시 하나 여쭤 보겠습니다.

어느 날 아침,

밖으로 나가려고 문을 여니,

문고리에 무언가가 달려 있습니다.

그래서,

'이게 뭐지?'

하며 안을 보니,

안에는 사과, 바나나, 귤, 양파 당근, 감자같이 우리 가정에 꼭 필요한 것들이 들어 있었습니다.

'이거 누가 버린 건가?

아님,

배달원이 잘못 배달한 건가?'

하면서 안에 내용물을 꺼내 보니,

모두 너무도 싱싱한 농산물들이었습니다.

그리고 안에는 홍보용 전단지가 한 장이 들어 있어서,

그것을 보니 **'행복한 농산물'**에서 보냈다는 것을 알게 되었습니다.

그때,

여러분들은 어떻게 하시겠습니까?

그냥 버리겠습니까?

아마도 그렇지는 않을 것입니다.

밖에 나가려다

다시 들어와,

안에 든 농산물을 냉장고에 넣고 우리 **'행복한 농산물'** 안내 전단지를 자세히 보게 되겠지요.

만약 그 소비자 열 명 중 한 명만이라도 10일 이내에 우리 쇼핑몰을 이용하여 준다면 우리는 또 한 번의 기적을 만날 수 있을 것입니다."

그러자,

그 설명을 들은 사람들은 모두 고개를 끄떡이고들 있었다.

그때 **김미숙**이 박수를 치면서,

"역시 우리 동생이 최고야."

하자,

다른 사람들도 밝게 웃으며 박수를 친다.

잠시 후,

성진은,

"이제 우리의 첫 작업은 소비자들에게 줄 선물 꾸러미를 만드는 것입니다.

작업이 끝나는 대로,

우리 작업 팀 중 일부와 고객 운송 팀은 이른 새벽부터 고객의 아파트를 돌면서 **'행복한 농산물'** 선물을 나누어 주시기 바랍니다."

이렇게 하여,

'희망의 수도원'

첫 번째 일과가 시작되었다.

첫날의 행사를 마친,

성진은,

이영애의 전산 팀을 찾아 내일부터 바빠질 업무를 예상하고

다시 한번 마지막 점검을 부탁하고

콜센터 누님들에게도 파이팅을 부탁했다.

성진이 **이영애**를 만나자,

이영애는

"성진아,

너, 어디서 그런 배짱이 나오니?

2억 원 가까운 돈을 한순간에 날려 버리는 걸 보고,

'저놈 미친 거 아니야?' 하고 생각했다가

네 설명을 듣고 나자 입이 벌어져 말이 안 나오는구나."

그러자,

성진이,

"야,

너 지금 나 비꼬는 거야,

아님 이쁘다는 거야?"

하자,

둘이 재미있어서 웃는다.

'희망의 수도원'의 첫 번째 작업.

3동의 작업장에는,

실내 전체 구간에는 몇 개의 기다란 작업대가 놓여 있고 작업대 옆에는 수많은 대형 플라스틱 박스가 놓여 있었다.

그리고 작업대 위에는,

그간 구매 팀에서 구매한 과일 등 농산물이 각 작업대 줄에 품목별로 대형 플라스틱 박스에 담겨 있었다.

첫 번째 품목 농산물을 첫 번째 팀에서 비닐 봉투에 담아 다음 품목 팀에 넘기면, 다음 품목 팀은 그 팀의 농산물을 담아 넘긴다. 이런 식으로 작업이 끝난 농산물 봉투는 전단지를 넣은 다음, 고객 배송 팀으로 넘어가 트럭에 실어 바로 배달할 아파트 단지로 출발하여 배달을 하기 시작한다.

참고로,

'행복한 농산물' 전단지에는 다음과 같은 문구가 적혀 있었다.

가족의 건강은 먹거리에서 시작됩니다.

그리고 그 먹거리의 기본은 농산물입니다.

그러나 우리의 건강에 가장 중요한 농산물은 현재 수많은 문제를 가지고 있습니다.

신선한 농산물인지? 농약은 얼마나 썼는지? 과연 우리 농산물이 맞는지? 수확한 지는 얼마나 되었는지? 가격은 적당한 것인지?

이러한 모든 것을 확인도 할 수 없어 그냥 사 오곤 합니다.

그러나,

작물마다 원하는 산지를 지정하여 살 수 있다면?

그것도 매일 신선한 야채를 먹을 수 있도록 오이 1개, 양파 1개, 심지어는 감자나 고구마도 1개 단위의 아주 소량으로 주문할 수 있다면?

또한, 산지에서 오늘 아침 수확한 야채를 바로 우리 집까지 배달 받고, 그러면서도 시중보다 훨씬 싼 가격에 구매할 수 있다면?

또한,

구매한 농산물의 대금은,

물건을 받아 보시고,

신선도 등 기타 여러 가지를 검토하셔서 만족하시면,

입금을 하시면 됩니다.

그야말로 꿈같은 얘기겠지요!

그러나 꿈이 아니랍니다.

이제,

오늘 아침 8시 이전까지 주문하면 산지에서 오늘 수확하여 다음 날 아침 7시 이전에 각 가정에 배달됩니다.

그리고 가장 중요한 것이 있군요!

지금 바로 '행복한 농산물' 쇼핑몰과 다른 쇼핑몰의 가격을 비교하여 보세요.

그리고 또 하나!

'행복한 농산물'은 우리 땅에서 바로 수확한 우리 농산물입니다.

이러한 내용으로,

그 어느 쇼핑몰이나 상점에서도 볼 수 없는,

그야말로 깨끗한 마음의 **'희망의 수도원'**다운

믿음을 기본으로 한 판매 전략으로 소비자에게 다가간다는 안내문이었다.

이렇게 최초의 1차 홍보 작업은

하루에 20,000개를 작업하여,

5일간 100,000개를 배포할 계획이다.

이와 함께 본격적인 마케팅을 위하여

산지 구매 팀은,

그동안 홍보용 목적의 농산물을 구매하면서 인연을 만든 전국의 산지에서 최근 출하 예정인 농산물을 조사하여,

가격, 일자별 수확예정량, 산지 등을 홈쇼핑 팀에 넘겼다.

홈쇼핑 팀은,

쇼핑몰 농산물 구매 창에 그 자료를 올려 최초의 실질적인 마케팅에 대한 만반의 준비를 하고 있었다.

최초의 주문 판매 시점은,

1차 홍보 배포가 끝나는 마지막 날이다.

그런데

홍보용 농산물을 배포한 그날부터,

쇼핑몰과 대표전화로 주문과 문의가 쇄도하기 시작하였다.

그 숫자는 정말 상상 이상이었다.

그러한 반응은,

홍보용 **'행복한 농산물'** 배포 마지막 날까지 계속 늘어만 갔다.

배달 첫날 전,

각 가정별 주문 농산물 꾸러미 작업은 첫 작업이었기에,

구매 팀이나 작업 팀 모두

조금은 우왕좌왕하기도 했지만

다음 날 새벽,

배달 팀의 최초의 마케팅 배달이 무사히 시작되었다.

배달 팀이 새벽에 모두 출발을 하자 작업 팀은 피곤함도 잊은 채 환호하였다.

그러나 환호도 잠깐,

일부 인원은 잠깐의 휴식을 취하고,

나머지 인원은 내일의 배달 준비를 위하여 비닐봉투, 전단지 등과, 오늘 산지 구매 팀이 가져올 신선 농산물 외에 과일 등과 근채류의 작업을 준비하고 있었다.

11. 대박 찬스

'**행복한 농산물**'의 최초 마케팅 5일간 100,000다발의 홍보용 농산물의 배포 후 약 25,000개의 주문이 들어왔다.

금액으로는 한 가정에서 평균 15,000원 정도를 구매하여 일 매출이 거의 100,000,000원이 넘었다. 정말 상상도 못했던 실로 어마어마한 금액이었다.

그 매출은 하루가 다르게 늘어나고 있었고,

그렇기에 다른 대형 아파트 단지의

2차 홍보용 '**행복한 농산물**' 꾸러미의 배포는 아직 엄두를 내지도 못하고 있었다.

도시에서 이런 중노동은 해 보지도 못한 '**희망의 수도원**' 식구들은

그래도 모두 행복한 모습으로 서로 웃고 즐기며 일들을 하고 있었다.

그중 **김미숙**이 정말 이리 뛰고 저리 뛰고 하면서 제일 열심히 일을 하자 **손지하, 성경화**는 물론, **이영애**도 가끔 전산실에서 나와 언니들을 열심히 도왔다.

그러한 모습을 보면서 **성진**은,

처음 겪어 보는 고생들을 하면서도 항상 밝고 아름답고 깨끗한 그들의 모습에 매일매일 감동을 하고 있었다.

그러던 어느 날,

김미숙이 의논을 하자고 하여,

오랜만에 **김미숙, 김성진, 손지하, 유영민, 양진원, 성경화, 이영애** 이렇게 7명이 한데 모였다.

먼저,

김미숙이 이야기를 시작한다.

"지금,

우리 **'희망의 수도원'**은

우리가 생각했던 것보다 정말 수십 배, 아니 수백 배나 좋은 반응을 보이고 있어.

그래서 너무 좋은 것도 있지만,

또 그보다 몇 배의 걱정도 된단다.

지금 우리의 상황으로는 이제 얼마 있지 않아서 큰 어려움을 맞게 될 수도 있을 것 같단다.

지금 우리는 모두가 인내로 지금의 작업을 소화하고 있지만

이제 늦어도 한 달 뒤면 들어오는 주문을 소화하지 못할지도 몰라.

그리 되면,

'행복한 농산물'의 이미지가 훼손될 수도 있을 것 같은 생각까지 든다.

그래서 내가 생각을 한 것인데,

우선,

산지에서 농산물을 구매하여 오는 팀들은,

전국 각지에 우리 농장을 만들어 그곳에 상주하면서 지역 농민들과 유대를 공고히 하면서 매일매일 그 지역의 농산물 상황을 파악하여 좀 더 빠른 농산물 구매체계를 확립하고,

소비자에게 배달하는 팀도 별도로 전문 운송회사를 만들어 소비자들에게 주문 들어오는 물량 배달은 물론,

그 배달 이후에는,

산지 각 지역,

우리 센터에서 구매한 농산물을 이곳까지 운송하는 것도 그 회사가 운송하는 체계를 갖추면 이곳 '**희망의 수도원**'에서의 작업도

산지 농산물 운송, 소비자 주문 물량 배달 등이 없으면 매일 매일의 작업과 관련한 혼란도 없어지고 따라서 작업의 효율도 늘어 지금보다 훨씬 많은 주문량을 소화할 수 있을 거야."

그렇게 **김미숙**이 이야기하자,

성진이,

"역시 우리 왕누나야."

그러면서,

"그리고,

전국 여러 곳에 센터를 만들어 농장도 운영하게 하면,

많은 인원이 그쪽으로 분산하게 되므로 우리 이 '**희망의 수도원**'의 증원이 필요할 것 같아요.

그래서

여기 함께 계신 모든 형과 누나들이 주위 사람들 중 적당한 사람들을 선

택하여 올 수 있게 하면 좋겠어요.

　그래야,

　지금의 작업량을 소화할 수 있을 겁니다."

　그러자,

　함께한 모든 사람들이 공감을 하면서 찬성을 하였다.

　그때,

　성경화가,

　"잘됐어요.

　그렇지 않아도 내가 떠나자,

　나한테 전화가 와서 자기도 갈 수 없느냐고

　묻는 친구들이 많았는데 잘됐네. 하자."

　손지하도 **양진원**도 같은 얘기를 하였다.

　그러자,

　김미숙이,

　"잘됐네.

　그럼 하루라도 빨리 모두 오라고 하고,

　내일부터는 신속하게 지역 센터와 농장을 만들도록 하자.

　그리고

　이제 내가 가장 중요한 것을 얘기할 테니,

　듣고 나서 동생들 의견도 얘기 좀 해 줘.

　내가 보기로는 우리가 아무리 이것저것 보완한다고 해도,

우리 **'행복한 농산물'**이 완벽하게 자리를 잡으려면 현재의 이 상태로는 얼마 안 가서 또 난관에 부딪칠 수밖에 없을 것 같아.

그래서 하는 얘긴데,
나는 전문가가 아니라 잘은 모르겠지만,
옆에 대형 건물을 신축하고, 컨베이어벨트 등 자동화 시스템을 설치하여 우리가 현재 일일이 수작업으로 하고 있는 주문된 농산물의 작업을 자동화하는 시기를 당겨야 할 것 같아.

그것은 다음이 아니라, 지금 바로 착수하여야
나중에 주문량 폭주에 의한 큰 혼란을 방지할 수가 있어.
그래서 지금 바로 그 준비를 서두를 필요가 있다고 생각하는데,
너희들 의견은 어때?"
하고,
이야기하자,

유영민이,
"그건 누님 생각이 맞아요.
그러나 그 시설을 위하여서는 엄청난 자금이 들어가야 하고,
또 전문가의 의견도 있어야 될 것 같은데요."
하자,
김미숙이,
"그래, 동생 말이 맞아.
그러나

우리는 지금 그것을 생각할 여유도 없고 하니 전문 기업에 용역을 주자.

그리고 자금은,

지금 현재의 영업 추세대로라면 단기간에 많은 자금 확보도 가능하지만,

만약을 위해서,

우리 집도 처분하고 그리고 내가 조금 가지고 있는 자금을 합치면 충분히 가능할 것 같은 생각이 들어.”

그러자,

손지하가,

“안 돼.

지난번에도 언니 도움이 엄청났는데,

이제 또 그럴 수는 없어요.

잘못되면 내가 언니한테 죽일 년 되고 말아!”

라고 하자,

“**지하**야,

지금까지도 난 네가 좋은 길로 안내하여 준 것에 대하여 고마움을 버릴 수가 없어.

내가 모든 걸 처분한다 해도 그것은 지금까지의 타락의 쓰레기에 지나지 않아. 그러니 그런 건 아무런 신경도 쓰지 말아!”

그러자,

김성진이,

“역시,

우리 왕누나야.

누나가 얘기한 것이 최고의 방법이고 선택이야.

누나 말대로 내일부터 당장 준비해요.

우리 왕누나는 무슨 일 있어도 내가 지킬 거야."

그러자,

지하가,

"에구 참, 너는 정말 못 말리는 녀석이야…."

그러자 모두들 웃는다.

그러면서도 행복이 넘치는 표정들이다.

그리하여

'**희망의 수도원**'은

태양을 향하여 하늘로 솟아오르는 수도원이 되어 가고 있었다.

그로부터 얼마 뒤,

미숙이 하던 작업을 잠시 멈추고,

창밖을 쳐다보면서,

커피를 마시고 있는데,

밖에, '**희망의 수도원**' 경계 외곽의 수목을 손보는 한 남자가 있었다.

그는,

지난번에도 그곳에서 나무를 옮겨 심으면서,

질서 없이 심겨 있는 나무를 하나씩 하나씩 옮겨 심으면서 나름대로,

혼자 조금씩 조경공사를 하고 있었는데,

오늘도 그 작업을 홀로 하고 있었다.

그러더니,

잠깐 하고서는,

다시 작업장으로 가려는지 들어갔다.

그 모습을 보고 **미숙**은,

여기 있는 사람들은 하나같이 마음들이 맑은 것 같다는 생각이 들었다.

사회에 있을 때는,

이런 것은 꿈에도 생각하지 않고 살아왔을 텐데,

라고 생각하니,

자신도 모르게 입가에 미소가 만들어지고 있었다.

그리고 이후,

'희망의 수도원'의

외곽 수목들도 조금씩 **'희망의 수도원'**다운 모습으로 변해 가고 있었다.

12. 행복이 가득한

'**삼삼작전**'을 전개한 지도,

벌써 1년이 넘어가고 있었다.

그간,

신선하고 아름다운 마음으로 가득 찬 '**행복한 농산물**'을 운반한다고 하여,

'**행복이 가득한**'이란,

'**행복한 농산물**'의 전문 배달 회사를

'**희망의 수도원**' 가족 중 희망자들로 구성하여 만들어,

운영하게 되었다.

이에

'**희망의 수도원**' 가족을 또 증원하여 '**행복한 농산물**'의 작업에 차질이 생

기지 않도록 하였다.

늘어나는 엄청난 주문량에 200명이 약간 넘는 '**희망의 수도원**' 가족들은

하루하루의 낮과 밤을 잊고 살고 있다.

즐거움도 있지만,

고된 작업으로 인한 피로감도 점점 커지고들 있었다.

그러나 모두들

지난 세월의 방탕한, 그리고 거칠고 타락한 생활을 현재의 고통으로 씻어낼 수 있다는 생각에,

이것은 고생이 아니라 기쁨이라는 마음으로 생활하고 있었다.

그렇기에,

이곳 **'희망의 수도원'**에

함께하는 사람들 중,

일부는 거친 삶을 살아온 남자들도 있지만,

이곳에서는 지금까지 단 한 번의 다툼이나 큰소리도 없었다.

지난번에 계획한 신축 건물도,

실력 있는 용역회사의 능력으로,

빠른 인허가와 준비로 착공식을 마치고 밤낮없이 공사를 진행하고 있고,

금년 안으로 건물이 준공될 것 같았다.

그리고,

엔지니어 회사도 공사 현장에 나와 자동화 시스템 설계 작업도 함께 진행하고 있었다.

이 첨단 자동화 공장이 준공되면,

'행복한 농산물'의

농업은 이제 더 이상 1차 산업이 아닌 4차 산업이 될 것이다.

'희망의 수도원' 지방 센터도,

이제는 전국 24개 지역에 생겼고

자체적으로 첨단 농업인 스마트 팜 농업을 위하여 현재 준비 중인 지역도 5개 지역이나 되었으며,

지역 센터 근무 인원도 이제는 백오십여 명 이상이나 되었다.

또한 지역 차량도 1개 센터당 3대씩 배치되어 지역 농산물 구매와 배송도 원활하게 이루어지고 있었다.

지금 진천의,

'희망의 수도원'은 일 매출이 8억 원이 넘어가고 있었는데,

매출 금액이 작업 한도를 초과하게 되어

할 수 없이,

쇼핑몰에 실시간으로 표시되는 매일매일의 수확 판매량의 수치를 축소해서 올리는 고육책까지 쓰고 있는 실정이다.

'희망의 수도원'은

24시간 불이 꺼지지 않고 있으며,

하루 24시간,

아름다운 공장의 마당도 대낮 같은 가로등 아래,

잠깐잠깐 커피 잔을 들고 휴식을 취하러 나오는 사람으로 심심하지가 않다.

그리고 함께하는 모든 사람들의 표정도

우리 사회 그 어디서도 볼 수 없는 밝은 빛이 가득하고,

사람들의 인성을 그리는 맑은 눈빛도

'희망의 수도원'을 빛나게 하고 있었다.

13. 또 쓰레기가

오늘도,
행복이 가득한 **'희망의 수도원'**의 작업장은 활기가 넘치고 있었다.

성진은,
연신 농산물이 가득 든 플라스틱 농산물 박스를 작업대로 옮겨 주고 빈 박스를 가져와 또 새 농산물을 채워 갖다 주고 하며 바쁘게 움직인다.

그러면,
작업대에서 여기저기 흩어져 작업을 하던,
미숙, 지하, 경화 누나들이 서로,
"야, **성진**아!
나 커피 한 잔 갖다줘!"
"나 물 한 잔 갖다줘!"
하면서 이런 부탁, 저런 심부름을 시키며,
때로는 장난들도 친다.

그러던 어느 날,
이렇게 즐거운 작업장에 소란이 생겼다.

갑자기

입구 문이 갑자기 '쾅' 하고 열리며,

오늘 정문 경비 담당이,

사색이 되어 들어와,

"큰일 났어요!

웬 놈들이 정문을 열고 막무가내로 들어와 경비들을 폭행하고 난리가 났어요!"

라고 하자,

작업장이 순간, 조용해졌다.

그리고 몇 명의 남자 작업자들이 밖으로 뛰어 나갔다가

한 명이 다시 들어와 큰 소리로 외친다.

"빨리들 피하셔야 될 것 같아요!

이 근처 도시의 건달들인 것 같아요!"

그러자,

미숙이,

큰 소리에 놀라서 나온 **이영애**에게,

"**영애**야,

일단 경찰에 신고를 해라!"

하자,

영애가,

"알았어요, 언니!"

하며

전산실로 뛰어갔다.

그때,

김미숙이 **성진**을 보니,

쪼그리고 앉아 손으로 얼굴을 감싸고 고개를 숙이고 있었다.

그것을 본 **미숙**이,

성진의 등을 두드려 주며,

"**성진**아,

너무 걱정하지 마!

영애가 경찰에 신고하러 갔어!

그러니

넌 여기 가만히 있어!"

하며 **성진**이 무서워서 그러는 줄 알고 안심을 시킨다.

그런데,

갑자기 일어난 **성진**이 밖으로 뛰어나갔다.

그러자,

누나들도 갑작스런 **성진**의 행동에 걱정이 되어 쫓아나간다.

밖으로 나가니 몇 대의 차가 서 있고

몽둥이 등을 든 십여 명이나 되는 건달 같은 놈들이,

경비를 서고 있던 남자들과, 또 몇 명의 직원을 때려 부상시키고,

"사장 놈!" 하며 나오라고 큰 소리를 치고 있다.

밖으로 나온

김미숙 등 일행들은 순간 사색이 되고 말았다.

이때,

밖으로 뛰어나간 **성진**은,

앞에 있는 건달 놈들은 쳐다보지도 않고,

정문으로 뛰어가, 정문을 닫아 버렸다.

성진을 보고 달려드는 건달 두 놈을 보자마자,

한 놈은 발로 복부를 차서 그대로 쓰러트려 버리고,

놀래서 몽둥이를 들고 달려드는 한 놈은 때리는 몽둥이를 한 손으로 막으며,

얼굴을 강타하고 또 그놈도 발로 걷어차 쓰러트리면서,

몽둥이를 뺏어 두 놈을 사정없이 때려 버리고 만다.

모두가 순간적인 일이었다.

순간적인 상황에 놀란 것은,

성진을 따라 나오던 **미숙**과 일하던 직원만이 아니었다.

건달들은 더 놀라고 있었다.

뺏은 몽둥이를 들고,

건달들 앞으로 간 **성진**은,

"야!

이 새끼들아!

너희 놈들 중 어떤 놈이 두목이야?

두목 놈 나와!"

그러자,

두목 같은 놈이,

건달들에게,

"야, 저 새끼 죽여 버려!"

하며 고함을 쳤지만,

조금 전의 상황을 보았던,

건달 놈들은 두목의 큰 소리에도 약간 주저주저하고 있다.

그것이 건달 놈들의 생리다.

약한 사람들에게는 갖은 큰 소리와 폭력으로 공갈, 협박을 다 하지만

자신들보다 센 것 같다고 생각이 드는 놈이다 하면 그놈들은 일반인들보

다 더욱 무서워한다.

한순간에 자기들 패거리 두 놈을 쓰러트린 **성진**에게,

그들은 두려움을 느낄 수밖에 없었다.

패거리들이 주저주저하고 있자,

성진은,

조금 전 큰소리를 친 두목 놈에게 다가갔다.

부하 놈들은 뒷걸음치면서도 달려들 태세를 하고 있지만,

성진은 아랑곳하지 않고,

두목 놈한테 갔다.

두목 놈은

뒷걸음치면서도,

부하들에게

"야, 이놈들아!

저놈, 빨리 죽여 버려!"

하면서 큰소리를 친다.

그때,

성진이 지켜보던 형들을 향하여,

"형님들,

이 새끼들 차 타이어 바람을 전부 빼주세요."

하며,

그 두목 놈 앞으로 갔다.

험상궂은 인상으로 달려들 태세인 두목 놈을,

그야말로 전광석화처럼,

들고 있던 몽둥이로 사정없이 허벅지를 때려 버리자,

그놈은 그대로 쓰러져 버린다.

그리고

부하 놈들에게,

"야,

이 개자식들아!

들고 있는 무기 다 땅바닥에 버려!"

하며,

고함을 치자,

그놈들이 몽둥이 등을 바닥에 던진다.

몽둥이로 맞은 두목 놈은 일어나지를 못하고 있다.

그리고

그 옆에 부하 놈들은 고개를 숙이고 있었다.

그러자,

성진이 한 놈에게,

"야, 이 개자식아!

네놈들 어디서 온 놈들이야?"

라고 고함을 치자,

대답을 안 한다.

그래서

다시 한번 고함을 치자,

그제야

"예, 대전에서 왔습니다."

그러자,

성진이 놀라면서,

"야, 이 새끼야!

대전 놈들이 여기까지 뭐하러 와!

이 새끼 거짓말하고 있네.”

하며,

몽둥이로 내려치려 하자,

그놈은,

“형님, 정말입니다.”

하면서 우는 소리를 낸다.

그때,

정신을 차린 두목 놈이 쓰러진 채로,

성진에게

“형님, 정말 잘못했습니다.

용서해 주십시오.”

하며 얘기하자,

그때까지,

넋을 놓고 보고 있던

김미숙이,

“**성진**아,

이제 조금 있으면 경찰들이 올 거야.

그때 그놈들 경찰에 넘겨 버리고 말어.”

하자,

성진이 웃으며,

“알았어요, 누나.”

하자,

두목 놈은,

계속 잘못했다고 사정하며 용서해 달라고 한다.

그러자,

성진이 아까 타이어 바람 좀 빼 달라고 부탁한 형에게,

"형님, 이놈들 차, 바람 뺐어요?"

하고 물으니,

"아니, 한 대 빼다 말았어!"

라고 하자,

성진이 두목 놈에게,

"야, 이 새끼야.

네놈들 경찰이 오면 모두 넘겨 감옥으로 보내고,

우리 사람들 다친 것도 치료비 물어내라고 하고 싶지만,

네놈이 잘못했다고 하니 아무 말 안 하겠어.

네놈이 여기에 온 건 네놈 뜻인지 아닌지는 모르겠지만,

만일 어떤 놈 부탁으로 왔다면,

그 새끼한테 가서 오래 살고 싶으면 조용히 살라고 해!

알았냐?"

하자,

두목 놈이

"네, 감사합니다. 형님!"

하면서 고개를 숙인다.

그러자 **성진**이,

"내 마지막 한 마디만 더 하겠는데,

양아치처럼 살지 말고 착하게 살아, 임마!"

하자,

"네, 알겠습니다. 형님."

하며 또 고개를 숙인다.

그러자 **성진**이,

"야, 임마,

경찰 오기 전에 빨리 가!"

그러자 그놈은 또,

"네, 감사합니다."

하면서 부하들의 부축을 받으며,

차를 타고 떠난다.

성진은

이놈들을 보낸 놈들이 누구인지 예상하고 있었다.

농산물 시장은

그 어느 시장보다 혼탁한 곳이다.

수집상들끼리의 갈등,

때로는 경매나 도매시장의 브로커들,

이들 중,

'행복한 농산물'의

폭풍 같은 바람을 아니꼬운 눈으로 보는 자들은 너무도 많을 것이다.

그것에,

이번 사건의 정답이 있을 것이다.

그들이 떠나가자,

모든 식구들은 박수를 치면서 환호를 한다.

그때 **미숙**이,

"뭐야?

성진아,

너 조폭 출신이니?"

그러자,

성진이 울먹이면서,

"누나, 미안해.

여기서 오늘 추한 꼴 보여서."

이에 **미숙**이 **성진**에게 다가와,

가만히 안으면서,

"**성진**아,

아무 자책하지 마.

누나는 **성진**이 네가 밖에 나올 때 처음부터 자책하고 나온 걸 알아.

오늘 일은,

네가 그들을 용서해 줌으로써,

우리 모두의 마음을 또 맑게 해 주었으니 우리가 너한테 고마운 거야."

하며,

성진의 등을 두드려 주자,

그것을 보고 있는 모든 사람들은 또 감동의 물결 속에 있었다.

그때,

경화가,

"언니, **성진**이 팔에 피 좀 봐!"

라고 놀라서 말하자,

미숙도

깜짝 놀라,

성진을 보더니 안으로 들어가려고 하자,

성진이

"누나, 나는 괜찮으니 저 사람들을 좀 봐 줘!"

그러자,

미숙은,

"그래, 알았다."

하며

다친 사람들에게 갔다.

그때,

신고를 받고 온 경찰이 도착했다.

이곳은,

도시에서 멀리 떨어져 있는 곳이기에 이제야 도착한 것이다.

그들을 보고,

유영민이,

"경찰은 내가 만나 잘 이야기할 테니 여기나 잘 수습해 줘!"

하고,

경찰 쪽으로 갔다.

미숙은 다친 사람들 쪽으로 갔다.

한 친구가,

"형님, 좀 참으세요."

하면서,

다리에 흐르는 한 남자의 피를 닦아 주고 있었다.

그래서,

미숙이 그리로 가서 상처를 만져 주는 친구에게,

"많이 다쳤나요?"

하고

물으니,

상처를 만져 주던 친구는,

미숙을 보자,

"아, 안녕하세요.

상처는 별로인데 맞은 자리에 타박상이 큰 것 같아요."

그러자,

미숙이,

"그럼, 미안하지만,

2동 여자 숙소 입구에 있는 치료실로 좀 데려다 주세요."

하며 다친 사람을 봤다가

깜짝 놀랐다.

밖에서 항상 수목을 가꾸던 사람이었다.

그래서,

미숙이 그 남자에게 가서,

"다치신 거는 좀 어떠세요?"

라고 물으니,

그 남자는 웃으며,

"네, 별거 아닙니다."

하면서 대답한다.

그러자,

미숙은 떨어져 서 있는 **손지하**를 불러,

"**지하**야, 이분 치료실로 좀 모셔다 줄래?"

하자,

지하가 같이 있던 한 남자와 함께 다친 사람을 부축하여 치료실로 데리고

갔다.

가면서 남자는

김미숙에게,

"에구, 감사합니다."

하며 인사를 하였다.

한편,

성진이 다친 것을 본 **영애**가 쫓아와,

성진을 자신의 전산실로 데리고 가,

치료를 하여 주고 있다.

영애는 아직도 가슴이 두근거리는 것이, 놀람이 가라앉지 않은 상태이다.

그리고,

혼자,

"바보, 멍청이 같은 **성진**아⋯."

하면서

눈가에는 이슬이 맺힌다.

경찰을 만난 **유영민**은 오늘 일어난 일에 대하여 자세히 설명을 해 주고,

비록 다친 사람들은 있었지만 용서를 해서 보냈다고 하였다.

그러자 경찰이

"이곳이 뭐 하는 곳이냐?"

물어서,

이곳이 무엇, 무엇 하는 곳이라고 자세하게 이야기하여 주자,

그들도 감탄을 하며 돌아갔다.

치료실 침대에는 **성진**을 제외하고,

정문 경비를 섰던 두 사람과 소식을 듣고 뛰어나와 그들과 맞서 싸우다 다친 다섯 사람이 누워 있었다.

그들의 치료는,

그래도 경험이 있는 여자 가족들이 보살피고 있었다.

그들은 누워 있으면서도 이번 일이 좋게 마무리된 것에 대하여 너무도 다행이라고 생각하고 있었다.

이번 사건 이후
김성진은
초기의 멤버들은 물론,
'희망의 수도원'의 모든 사람들에게 정말 영웅이 되어 있었다.

그러나,
정작, 본인은 그날의 일에 대하여 무거운 마음을 안고 살아가고 있었다.

혼탁한 우리 사회의 아픔을 치료하기 위하여 이곳에 왔는데,
그것을 참지 못하고 타락한 사회의 모순된 기본을 자신이 저지르고 말았다는 자책에 항상 마음이 무겁기만 하였다.
"무슨 일이 벌어졌더라도 끝까지 참았어야 되는 건데."
하면서.

14. 연가의 시작

그 일이 있은 지 보름쯤 지난 어느 날,

미숙과 **성진**은 야외에서 커피를 즐기고 있었다.

미숙이,

"**성진**아,

나는 하루하루가 지나가는 것이 도저히 믿기지 않는 삶을 살고 있는 것 같구나."

그러자 **성진**이,

"누나, 뭐가….

누나가 제일 고생하며 살면서.

일하랴, 이 사람, 저 사람 보살피랴,

정말 누나는 늙은 천사야!"

그러자,

미숙이,

"뭐?

늙은 천사? 요게!"

하면서 두 사람이 좋다고 웃자,

성진이,

"아니야. 누나는 정말이지 이 세상에서 가장 아름다운 천사야.

마음도 천사! 얼굴도 천사!

내가 열 살만 더 먹었어도 누나가 싫다고 해도 무조건 누나를 납치해서라
도 같이 살 텐데."

그러자,

미숙이,

"요 조그만 게 누나를 가지고 노네…."

하면서 알밤을 때린다.

그러면서 두 사람은 깔깔대고 웃는다.

그때,

지난번 난리 때 다친 남자의 상처를 만지던 남자가 지나가는 것이 미숙의
눈에 띠었다.

"이봐요!"

하고 부르니,

남자가 **미숙**을 보더니,

"아~ 대장님."

하면서 **미숙**의 쪽으로 온다.

이곳에서 **미숙**은 대장으로 통하고,

성진은 제갈공명으로 통하였는데 이번 사건이 있고 나서는

장비라고 불리기도 한다.

미숙과 **성진**이 앉아 있는 쪽으로 오자,

남자가 **성진**을 알아보고는 또 꾸벅 인사를 한다.

성진도 일어나서 남자에게 인사를 한다.

미숙이,

남자에게,

"앉으세요. 그리고 **성진**아, 커피 한 잔만 갖다 주겠니?"

하자,

성진이,

"네" 하고서 커피를 가지러 간다.

남자가 의자에 앉자,

미숙이,

"다치신 분은 좀 어때요?"

하고 물으니,

남자는,

"네, 대장님 덕분에 많이 좋아지셨습니다. 감사합니다."

하며 말한다.

그러자 **미숙**이,

"네, 다행이네요.

헌데, 두 분은 잘 아시는 사이인가 보죠?"

그러자,

"네, 제가 예전에 모시던 형님이십니다."

이에 **미숙**이,

"그런데 두 분은 같이 오신 것 같지는 않은데.

선생님은 맨 처음 오시고, 그분은 요전에 추가로 신청을 받았을 때 오신 것 같은데…."

라고 말하자

남자는,

"네, 그게 사실은 이런 말씀드리면 어쩔는지 모르지만 제가 여기 올 때 형님은 교도소에 계셨어요.

교도소에 계셨다고 해서 형님이 나쁜 사람은 절대 아닙니다.

의리도 있고 불의를 보면 못 참는 성격 때문에 교도소에 가셨어요.

제가 여기 오게 되었을 때 교도소에 가서 이제 당분간은 면회를 올 수 없다고 하면서 여기 이야기를 하였더니,

안타까워하시며 자기도 그곳에 있지 않으면 여기에 올 수 있을 텐데,

하며 무척 아쉬워하셨어요.

그런데 마침 지난번 추가로 신청을 받을 때,

며칠 전에 특사로 출소했다는 소식을 듣고 바로 연락을 했더니,

아주 기뻐하시면서 오시게 되었습니다."

그렇게 이야기를 하자,

미숙이

"아, 그런 스토리가 있었네요.

정말 다행이고 저도 형님 같으신 분이 이곳에 오셔서 너무 좋아요."

하고 이야기를 하고 있는데,

성진이 커피를 가지고 와서 남자 앞에 놓았다.

그러자 그 남자는,

"고맙습니다."

하고 인사를 했다.

성진이,

"저보다 한참 위신 것 같은데,

말씀 낮추십시오."

라고 하자,

"아닙니다.

지난번 난리 때 보니 우리들 몇십 명보다 나았습니다.

그러자 **성진**이,

"아닙니다. 형님!

당시 일은 아주 부끄러운 일이었습니다."

그런데

그때,

미숙이,

"지금 몇이에요?" 하고 물었다.

남자는,

"네, 올해 서른아홉입니다."

라고 했다.

"그럼 그 형님 되시는 분은요?"

라고 묻자,

"형님은 저보다 여섯 살 위십니다."

"그렇군요.

그렇게 나이도 있는 분이 당시 그렇게 나서시다니 대단한 분이시네요."

그러자 옆에 있던,

성진도,

"맞아요, 정말 대단한 형님이세요."

이렇게 세 사람은 즐거운 대화 후에 휴식을 끝내고 각자의 작업실로 돌아
갔다.

15. 무서운 도약

오늘은 '**희망의 수도원**'의
첨단 시설이 오픈하는 날이다.
'**삼삼작전**'을 시작한 지 2년 4개월이 지났다.

정말 눈부신 발전이었다.
'**행복한 농산물**'의 공장 건설은 벌써 끝났지만,
농산물 자동 분류 및 포장 자동화 시설의 첨단 시설은 농산물 분야에서
최초로 시도하는 기술이기에,
몇 번의 시행착오 끝에 완벽한 마무리를 하게 되었다.

참고로
'**행복한 농산물**'의 첨단 시스템의 구조는 다음과 같다.
먼저 인터넷이나 전화로 주문이 오면,
주문자의 주소, 주문품목과 수량이 바코드화 된다.
그 바코드를 컨베이어 벨트 위를 달리는 주문자 개인박스에 붙이면, 그
바코드에 따라 위에 있는 각 농산물 박스에서 해당 농산물이 바코드에 표
시된 수량이 담기고, 마지막에 '**행복한 농산물**' 봉지에 담기는 과정까지 자
동으로 이루어진다.

그동안 **'행복한 농산물'**은

수작업의 한계로 계속 늘어만 가는 소비자의 주문은 받지도 못하고,

어느 한계점에서 모두의 피나는 노력으로 하루하루를 보내야만 했는데,

이제,

그러한 걱정은 끝이 난 것이다.

그러나 이제,

'희망의 수도원'의 첨단 자동화 시스템이 준공되었기에,

김미숙 등 지휘 팀은,

전국 산지의 농산물 구매 팀을 보강하여야 하고,

'희망의 수도원'의 농산물 전문 운송 업체인,

'행복이 가득한'도 소비자로의 농산물 배달 팀과 산지로부터의

농산물 운송 팀을 보강해야 했다.

그동안 작업량의 한계로

'희망의 수도원'과 가까운 지역의 대형 아파트에 배달 범위가 국한되어 있

었던 것을 광범위한 지역으로 넓힐 수 있게 되었기 때문이다.

이에 따라,

이영애도,

쇼핑몰을 보강하는 등,

모두가 내일을 위한 바쁜 일정을 소화하고 있었다.

드디어 대망의 준공식 날,

김미숙은 단상에 올랐다.

"사랑하는

'희망의 수도원' 형제, 자매 여러분,

드디어 오늘 같은 날이 오게 되었네요.

이러한 감격스러운 결과!

거친파도와 같은 우리의 사회에서는,

그 어디서도 볼 수 없는 기적을 우리들의 참회의 마음이 만들어 냈고,

우리 모두의 진정한 마음이 **'희망의 수도원'**의 기적을 만들어 냈습니다.

사치와 향락, 그리고

모순과 교활함이 가득한 사회에서 물질만을 바라보며 타락한 생활 속에

살아오던 우리는,

이제

드디어,

순수한 마음, 진정한 고생의 힘을

가지게 되었고,

또한,

그것에 대한 결과를

오늘 우리는 직접 보게 되었습니다.

정말 감격스럽습니다."

라고 하자,

함께하고 있는
'희망의 수도원' 가족들이 모두 우레와 같은 감격의 박수를 친다.

김미숙은 울먹이며 다시 말을 이어 갔다.

"저는 우리 가족들보다,
몇십 배 아니, 몇백 배로 타락한 생활을 한 사람입니다.
그러나
지금 이 시간,
제 마음에는 과거의 타락한 생활의 기억은 조금도 남아 있지 않습니다.
제가 그러하니,
여기 모든 우리 가족들의 마음도 그러할 것입니다.

우리는,
고통스러운 **'삼삼작전'**을 하여 오면서,

이 사회에서,
가장 타락한 사람들이 모였음에도
지금까지 우리 사회에서 매일매일 벌어지는 싸움이나 다툼 같은 불미스러운 일은 단 한 차례도 발생하지 않았습니다.

그 긴 시간 여기서 볼 수 있었던 것은,

오직, 상대방에 대한 배려와 도움뿐이었습니다.

그것이 바로 여러분들입니다.

이제,
'삼삼작전'의 반년 정도를 남겨 놓고,
우리 모두는 그 어디서도 볼 수 없는 깨끗하고 순수한 사람들이 되었습니다.”

그러자
또 큰 박수 소리가 울려 퍼졌다.

“이제,
남아 있는 반년은,
피나는 인내로 만들어진 그 순수함으로,
아름다운 하모니를 만들 수 있는 여러분들의 시간이 될 것입니다.

우리 가족들은 그동안 밤과 낮이 없는 고된 생활을 하여 왔지만
이제 자동화 시스템의 구축으로,
앞으로는 하루 두세 시간의 관리 작업으로도 충분하며,
남은 시간은 자신을 위하여 사용하실 수 있을 것입니다.

그 시간 동안
여기 계신 모든 가족 여러분들은

미래를 위한,

짝을 만들어 보십시오.

그리하여,

짝을 만난 두 사람은

두 사람의 희망에 따라,

우리의 농촌 어디든지 가서 예쁜 집을 짓고 다시 한번 첨단 농업에 도전하여 보십시오.

그 농산물은,

여기 **'희망의 수도원'**에서 모두 매입할 것입니다.

그리고

또 한 가지, 여러분들에게 중요한 사실을 말씀드리겠습니다.

자립을 위하여서는 자금이 필요합니다.

그동안 우리는,

이곳에 와서 물질이라는 것은 잊고 살아왔습니다.

우리 가족들 중 사회에 부채가 있었던 사람 중,

매월 지불하여야 할 것만 우리 **손지하** 씨가 꼬박꼬박 지불하여 왔습니다.

그리고

그동안 우리 가족들의

'우리들의 땀'은 **손지하** 씨가 개인의 구좌를 만들어 꼬박꼬박 저축을 하여 왔습니다."

그렇게 이야기한,

김미숙이 **손지하**에게,

"**손지하** 씨,

우리 '**삼삼작전**'에 처음부터 참여한 분들의 '**우리들의 땀**'은 얼마나 되나요?"

하고 묻자,

손지하가 일어나서,

"처음부터 참여한 분들은 일억 팔천만 원이고,

뒤에 참여하신 분들은 일억 이천만 원입니다. 초기 참여하신 분들의 경우,

초기 몇 달 동안은 '**우리들의 땀**'이 적은 편이었기에 뒤에 참여하신 분들보다 총 액수가 적은데 그것은 맞추어서 지불할 생각입니다.

그리고,

'**삼삼작전**' 시작 시 각 개인들이 입금한 돈은 각자의 '**우리들의 땀**'과는 별도로 지불할 예정입니다."

그러자,

그 말을 들은 '**희망의 수도원**' 가족들은 너무도 놀란 표정이었다.

사회에서 있었으면 도저히 만지지도 못할 큰 금액이었다.

"뭐 그렇게나 많이!"

하면서.

그러자,

김미숙의 이야기가 다시 시작되었다.

"지금까지 여러분의 고생은 절대로 헛되지 않았습니다.

우선,

맑고 순수한 나를 만들었고,

여러분들이

자립할 수 있는 여력도 만들어졌습니다.

앞으로 여러분이 나가 자립을 하려고 할 때,

부족한 것이 있다면 그것도 지원을 할 것입니다."

이렇게,

김미숙이 말하고,

인사의 말을 끝내자,

함께한 사람들 모두가 믿기지 않는 듯 감격의 환호를 하였다.

모든 것이,

꿈이고 행복이었다.

16. 고통의 가치

이제 **'희망의 수도원'** 가족은 그동안의 고행의 시간을 끝내고, 지금부터는 넉넉한 시간의 여유를 갖고 미래를 설계할 수 있는 시기가 되었다.

그동안 그들은 자신들의 혼탁한 과거를 지우기 위하여 낮과 밤이 없는 고된 생활 속에서도 항상 맑게 살아왔다.

이제 그들은,

깨끗하고 순수한 마음을 갖게 되었다.

그런 마음을 가진 사람들에게,

주위는 하나도 중요하지가 않다.

오직 자기 자신의 마음이 가장 중요하다.

지금의 우리 사회에는,

누가 누구를 비난할 수 있는 자격을 가진 사람은 거의 없는 것 같다.

그럼에도 사람들은 누구를 헐뜯고 비난을 한다.

그러나,

지금까지의 고난을 이겨 온,

'희망의 수도원' 가족들은 그러한 사회의 어지러운 품성은 전혀 지니고 있지 않았다.

이제,

'희망의 수도원' 가족들은,

고된 긴 시간의 여정을 통하여 서로서로가 가족들의 성품과 인성을 알았기에 많은 사람들이 함께한 사람들 중에 서로의 미래를 그리는 연인들도 만들 수 있게 되었다.

그들은 진정한,

'희망의 속삭임'을 나눌 수 있는 짝을 만나 내일의 아름다운 그림도 그릴 수 있게 되었다.

여기서 생활했던 모든 사람들 중에서 도시에 나가서 살려고 하는 사람들은 거의 없었다.

대부분 여기저기 전국 농촌으로 들어가 **'행복한 농산물'**을 재배하며 살려는 아름다운 꿈들을 그리고 있다.

그리고 또 일부는,

조그만 전원주택을 지어 이곳의 **'희망의 수도원'** 또는 새로이 건설을 계획하고 있는 남부 지역의 **'희망의 수도원'**에서 새로운 **'희망의 수도원'** 가족을 모집하여 그들을 지도하는 보람 있는 일을 하면서 미래를 그리며 살려고도 하고 있다.

'희망의 수도원'은

'행복한 농산물'의 자동화 시스템을 갖춤과 동시에,

지금까지와는 또 다른,

활기차고 기쁨이 가득한 곳이 되었다.

이제는 삼삼오오 **'희망의 수도원'** 광장의 야외테이블에 앉아 모임을 즐기고 또는 쌍쌍이 여기저기서 데이트를 즐기는 모습도 보인다.

지금까지와는 전혀 다른 풍경이,

'희망의 수도원' 안에 그려지고 있었다.

그러나 이들과는 달리,

김성진은,

지금까지보다 더욱 바쁜 생활을 하고 있었다.

그것은,

이영애, 손지하, 성경화도 마찬가지였다.

김성진은 확장되는 마케팅시장과 산지시장 계획,

그리고 남부 지역 **'희망의 수도원'**의 건설 계획 등의 수립에 정신이 없었고,

이영애는

마케팅시장이 커지면서 쇼핑몰의 확대 그리고 콜센터의 관리로 정신이 없었다.

손지하는,

각 개인의 구좌 관리와, 새로 구축되는 시설의 자금계획 수립 등으로,

성경화는,

단지 내 시설 및 배송 전문 업체인 **'행복이 가득한'**의,

자동화 시스템 구축 후 매일매일 기하급수적으로 늘어 가는 판매액과 함

께 늘어나기만 한 농산물의 수급계획 등으로 매우 바빴다.

또한,
임경수와 **양진원**은
자동화 공장의 총괄을 하고 있었다.

모두가 초기보다 더욱 바쁜 일정을 보내자,
김미숙이,
각 담당별로 인원 추가 배치를 건의하여,
이를 시행함에 따라,
모두가 어느 정도의 여유를 가질 수 있게 되었다.

어느 날 한가한 오후,
김성진은 오랜만에
야외 테이블에 앉아 휴식을 취하고 있었다.

스마트 팜이라는 것을 배우고,
남부 지역에 새로운
'희망의 수도원' 건설을 위한 땅을 보기 위하여
일주일 전에,
이곳에 온 지 3년 만에 처음 외출을 했다.

먼저,
남부 지역 **'희망의 수도원'** 부지는,

밀양에서 삼랑진 사이에, 그리고 김해시 인근에 적당한 땅을 점찍어 놓고,
여기저기의 스마트 팜을 견학하고 어제 밤늦게
'희망의 수도원'에 도착을 하였다.

오랜만에 한 외출은 외부생활에 익숙지 않은 **성진**에게는 불편하기만 하
였다.
이곳저곳 지방을 다니며 다양한 품목을 재배하고 있는
스마트 팜을 구경하고 온 것은
앞으로 이곳 **'희망의 수도원'**에 새로운 가족들이 들어오면,
이제는 첨단 시설의 **'행복한 농산물'** 시설이 있기에 전처럼 시설의 가족들이
고생을 하며 생활을 하는 것이 아니라,
무슨 휴양을 온 기분이 들 수도 있기 때문이었다.
그리되면 도시에서 타락한 생활을 하고 온 사람들에게,
이 **'희망의 수도원'**에 와서 마음을 정화시키는 것이 아니라,
자칫하면,
도시 생활과 같은 어지러운 마음의 굴레에서 벗어날 수 없을 것이라는 우
려가 들어,
그럼, 스마트 팜과 같은 영농의 운영이라는 새로운 프로그램을 만들어 보
자는 생각에 외부로 나가게 되었던 것이다.

이제,
얼마 안 있으면,
'삼삼작전'의 최초 가족들은
거의 모두 이곳 **'희망의 수도원'**을 떠나갈 것이다.

이에,

새로운 가족이 올 것에 대비한 계획도 미리 세워 보려는 것이다.

한가히,

이 생각, 저 생각 하고 있는,

성진이 앞에,

이영애가,

커피를 두 잔 가져와,

성진의 앞에 앉는다.

"**성진** 씨,

정말 오랜만이네."

하며,

말하자,

성진도,

"그래, 너도 오랜만이야.

에구,

이영애 많이 보고 싶었는데."

라고

성진이 말하자,

영애는,

"쳇, 입에 침이나 바르고~~~"

하며 웃는다.

사회에 있을 당시,

마약서부터 이곳저곳의 도우미까지 정말 타락한 생활을 하여 온 **이영애**는,

이곳 **'희망의 수도원'**의 3년 동안 옛날 자신의 전공 업무를 찾아 하였기에 모습부터가 완전히 변한 것 같았다.

거친 사회에 있을 때도,

어디서나 여자로서의 인기가 있을 만큼 아름다운 **이영애**였다.

그러나 성품은,

그러한 타락된 생활로 인하여 거칠고 냉정하기만 했다.

그런 **이영애**가

이곳에 와서 3년 가까이 지난 오늘,

오랜만에 보는

김성진도 **이영애**의 새로운 모습을 보는 것 같아 정말 반가웠다.

이제 두 사람도 30대의 남자와 여자가 되었다.

이영애는 2년 전 폭력배 난입 사건 때,

김성진이 보여 준 남자다운 새로운 모습에 한동안 그를 마음속에 담아 두기도 하였다.

정신없이 바쁜 일정 속에

그동안은 스쳐가며 만나도 반가운 인사가 고작이었는데,

오늘은 그래도 긴 시간의 대화를 나누고 헤어졌다.

지방 외출을 다녀온

성진은,

또 정신없이 바쁜 매일매일을 보내고 있었다.

먼저,

새로운 남부 **'희망의 수도원'**으로 나가기로 결정한

양진원 형에게 지방에 다녀와서 본 두 개의 토지를 알려 주고,

결정을 하여 달라고 부탁을 하여,

양진원은 곧 지방으로 출장을 떠날 것이다.

또 신속한 건설을 위하여

지난번 참여한 건설회사 사장을 만나,

남부 지역 공사 관계를 의논하자,

지금 같은 불경기에 건설경기도 최저로 위축되어 고생하던 건설회사 사장은 너무 고마워서 어쩔 줄을 모른다.

17. 새로운 비밀작전

그리고,

성진은 3년 전 이곳 부동산 계약 시 만난 부동산에 가,

이곳 부동산에 붙어 있는 맹지 오 천여 평에 대하여 중개를 부탁하였다.

맹지란 도로와 연결이 되지 않은 토지로,

아무것도 개발을 할 수 없는 땅이기에 헐값일 수밖에 없다.

그러나,

지금 이곳 **'희망의 수도원'**에서 매입을 하면 이곳을 통하여 연결될 수 있

기에 **성진**은 그 땅을 매입하여 그곳에 몇 채의 전원주택을 짓는 것을 머리

에 그리고 있었다.

이렇게,

성진은 3년 전과 똑같이 하나하나 그림을 그려 가고 있었다.

이제 내일이면,

'삼삼작전'이 끝나는 날이다.

내일부터,

'**삼삼작전**'의 멤버들은,

자유로운 활동을 할 수 있다.

쌍쌍의 짝을 찾은 대부분의 멤버들은 나가서 살 터전을 준비하기 위하여,

자동차회사에서 직접 화물용 소형 자동차를 대량으로 구입하는가 하면,

각자의 희망 지역으로 가서 농장을 찾기 위하여 파트너와 함께하는 사랑
의 여행을 시작했다.

그야말로 삼 년의 고생 끝에,

새로운 사람으로 태어난 가족들의 표정은 모두가 행복이 가득하다.

그리고,

이곳에서 만난, 이제는 맑고 순수한 파트너와

행복의 샘터를 찾기 위한 여행을 시작할 것이다.

'**희망의 수도원**'은,

그들의 완벽한 정착을 위하여 최대한의 지원도 계획하고 있다.

그들의 행복한 모습을,

나중에 온 가족들도 축하하여 주었다.

초기 멤버들 중 2차 멤버들과 파트너를 맺은 가족은,

2차 멤버들의 기한인 삼 년이 끝날 때까지 이곳에 있기로 결정하였다.

지금,

'**희망의 수도원**' 광장은 매일매일 무슨 축제의 장 같았다.

야외 테이블은 이제 항상 만원이다.

삼 년이라는 인내의 세월을 마친 모든 가족들 중에서

어느 커플은

이곳을 떠나기 위하여 그동안 사귄 친구들과 작별인사하기 바쁘고,

어느 커플들은 쌍쌍이 앉아 즐거운 대화로 바쁘기만 하다.

모두가 행복을 담고 있는 표정들이다.

그런 모습을 보며,

쓸쓸한 표정을 하고 있는 두 사람이 있었다.

한 사람은,

이곳의 대장, **김미숙**이었고,

다른 한 사람은

이영애였다.

김미숙은

즐겁고 행복해하는 사람들을 보면서 기쁘기도 하지만,

한편,

자신만이 외로운 처지인 것이 가끔은 무섭기도 하고 슬프기만 하였다.

또,

이영애는,

이곳에서 삼 년이란 시간을 보내고

다른 사람들과 똑같은 고행을 겪었지만,

거친파도와 같은 사회에서,

마약이니, 범법 행위니, 매춘을 해 온 세월은 좀체 자신의 마음속에서 지워지지 않았다.

더구나,

요즘같이 **'희망의 수도원'** 가족들이 모두 쌍쌍이 기뻐하는 모습을 보면 또다시 자신의 과거가 되살아나 더욱 슬퍼져 혼자 울기도 하였다.

나도

과연 저 사람들처럼 행복을 찾을 수 있을까?

김성진이 부동산을 다녀온 며칠 뒤 부동산으로부터 연락이 왔다.

부탁을 하고 온 맹지의 토지주로부터 답을 받은 것이다.

토지주는 매각을 하겠다는 생각은 못 하고 있었는데, 부동산으로부터 구매 제의가 오자 아주 헐값에 판다는 연락을 한 것이다.

부동산이 얘기한 가격은 정말 싼 가격이었다.

이에,

다음 날 부동산과 약속을 잡고 그날 끝내기로 하였다.

그리고,

성진은 **손지하**를 만났다.

성진이,

"누나,

나한테 돈 오 천만 원만 횡령해서 주면 안 돼?"

그러자,

손지하는 깜짝 놀라면서

"뭐 하려고?"

그러자

성진은 맹지 이야기를 하고 그 땅의 소유자와 매매를 결정했다고 하자,

손지하가 의아해하며,

"**성진**아,

너 또 무슨 일을 저지르려고 해?"

그러자

성진이 웃으면서,

"나

그곳에 작은 전원주택 3채를 지으려 해!"

그러자,

지하가,

어이없는 듯,

"그곳에 집을 지어 뭐 하려구?"

그러자

성진은,

"누나,

이건 꼭 비밀로 해.

한 채는 왕누나에게 주고,

한 채는,

누나와 **영민**이 형에게 주고,

그리고,

한 채는 내가 쓰려고."

라고 하자,

지하는,

"**성진**아!"

하면서 눈물을 흘린다.

성진이 그렇게 마음먹은 것은,

다름 사람들은 모두 행복을 찾아 떠나는데,

김미숙은,

아직도 여자 숙소에서 기거하면서 불편한 생활을 이어 가고 있고,

손지하는,

유영민과 가깝게 지내고 있지만 이곳의 많은 업무로 다른 곳에 간다는 것은 상상도 하지 못하고 있는 것을 알고 있기 때문이다.

반면,

양진원 형과 **성경화** 누나는 둘이 남부지사로 내려가 살기로 결정했기에,

자신의 전원주택을 포함해 세 채를 지으려 계획한 것이다.

성진의 말을 들은 **손지하**는 감격할 수밖에 없었다.

"**성진**아,

너는 항상 누나를 울리고 있니!"

하면서,

김성진을 살며시 안아 준다.

맹지에 대한 매매를 끝낸,

성진은,

건설업체 사장을 만났다.

건설업체 사장은 며칠 뒤부터

이곳에 스마트 팜 건설을 시작하여야 하고,

또,

남부지사 토지가 확정되면 그곳에 엄청난 규모의 **'희망의 수도원'** 공사를

시작하여야 한다.

그러기에,

건설회사 사장으로서는,

김성진은 은인이나 마찬가지다.

김성진이 맹지를 보여 주고,

이곳에 전원주택 세 채를 지으려 한다고 하자,

자신이 바로 인허가를 받아,

공사를 시작하여 단기간에 끝내겠다고 하며

공사비는 자재 값만 받고 해 주겠다고 약속을 하였다.

그리고,

전원주택 건설은

성진의 부탁대로 아무도 모르게 신속하게 짓기로 하였다.

또한, **성진**은

남부지사 공사를 할 때,

성경화 누나의 전원주택도 지어 줄 것을 부탁하였다.

'삼삼작전'이

성공리에 막을 내렸다.

전국 산지의 농산물 구매망과 산지로 간 가족들의 직접 영농으로

'행복한 농산물'은 질과 가격이 국내 최고가 되었고,

유통 분야에 있어서도 **'행복이 가득한'**은 농산물 분야 최고의 유통회사가

되었다.

또한,

새로운 3차 **'희망의 수도원'** 가족도 200명이 들어왔다.

이제 그들은 자동화 시스템의 농산물 작업센터와 스마트 팜 등에서 새로

운 삶을 위한 생활에 들어갔다.

이제,

'삼삼작전' 1차 멤버들은 20여 명만 남기고 모두 떠났다.

이로써,

'희망의 수도원'은 새로운 가족들로 구성되었다.

김성진의 부탁을 받은 건설회사는,

스마트 팜 공사를 하면서

성진의 부탁대로 비밀리에 전원주택 작업도 하고 있었다.

전원주택 공사 현장은 구부러진 맹지로 주택 현장은 **'희망의 수도원'**에서
는 보이지가 않는다.

전원주택 공사는 앞으로 며칠 후면 마무리가 될 것이다.

18. 행복 만들기

오늘도,

김미숙과 **김성진**, 그리고 **손지하**는 한가한 시간,

광장의 야외테이블에서 커피를 즐기고 있었다.

그때,

이제는 일행들과도 친해진 **'희망의 수도원'**의 최고의 연장자인 **황민철**이

테이블에 앉아 있는 일행들을 발견하고 와서 앉았다.

그가 오자,

김미숙은 너무도 반가워했다.

듬직한 체구의 **황민철**은 혼자 공장 내 수목도 정리하는가 하면,

조직 폭력배 사건 때는,

달려 나가 그들과 싸우고,

하는 과정에서

김미숙과는 이제는 격이 없이 친해진 사이다.

함께 자리한,

황민철은 얼마간의 잡담이 오간 후,

손지하에게,

"**손지하** 씨,

실례지만 제 **'우리들의 땅'**이 얼마나 되었습니까?"

세 사람은 모두 이상하게 생각하며 **황민철**을 보았다.

'이 사람, 여기 온 목적이 돈이었나?' 하는 생각과 함께….

하지만 물어보는 것은 답을 해 주어야 했기에,

손지하가

"네,

한 일억 오천만 원 정도 될 것 같아요."

라고 하자,

황민철은,

지하에게,

"감사합니다."

라고 말한 후,

이번에는

김미숙을 정색을 하고 바라보면서

"대장님,

제가 가진 건 일억 오 천만 원이 전부입니다.

그거 대장님께 드려도 되겠습니까?"

라고 말하자,

사람들은 무슨 말인가 하며 어안이 벙벙했다.

그러자,

성진은

'아, 형님이 프로포즈를 하는 것이구나.' 하며 알게 되었다.

그렇게 생각한,

성진은,

박수를 치면서 일어났다.

김미숙과 **손지하**는 아직도 얼떨떨한 눈치다.

거기에 **김성진**이 박수까지 치고 있으니 더 어리둥절해했다.

그때,

김성진이,

"왕누나, 축하해요.

형님이 이 세상에서 가장 멋있는

'희망의 속삭임'을 누나에게 하고 있네요."

라고 하자,

그제야,

손지하가 알아차리고,

"와~ 큰오빠 정말 멋져요."

하며 박수를 치고,

김미숙은 그때서야 40대의 얼굴이 빨개지면서 부끄러워한다.

그것을 본 **성진**이,

"와, 왕누나도 부끄러움을 탈 줄 아네!"

하고 놀리자,

미숙은 **성진**의 머리에 꿀밤을 때린다.

이렇게 화창한 대낮에 또 하나의 행복한 그림이 이곳에 그려지고 있었다.

그로부터

얼마의 시간이 흐른 뒤

성진은 **황민철**을 데리고 전원주택으로 갔다.

전원주택을 본 **황민철**은 깜짝 놀랐다.

"여기에 이런 것이!"

성진은 **황민철**을 데리고 안으로 들어갔다.

이 층의 전원주택은 경관도 구조도 너무도 좋았다.

놀란 **황민철**은,

성진에게,

"동생, 이게 도대체…"

하며 말문을 잇지 못한다.

성진이,

"이거,

형님하고 누나에게 주는 제 선물이에요."

라고 하자,

성진을 안고 등을 두드리면서,

"고맙다. 정말 고맙다.

나는 정말 이곳에 와서 행복이고,

또,

너를 만나 행운이다. 고맙다.

이 형,

정말 멋지게 살아 볼게!"

하며 계속 감격을 한다.

그러자,

성진이,

"형님, 저 장난 좀 치게 형은 저기 작은 방에 가서 계세요.

조금 있다

누나를 데려올 테니 그때 깜짝 나타나세요."

하며 웃자,

민철은,

"그래, 알았다. 내 확실하게 연극할게."

하면서 활짝 웃는다.

밖으로 나간

성진은 전화를 하여 **미숙**을 불러낸다.

미숙이

"야, 나 지금 바쁘거들랑!"

하며,

애교스럽게 이야기하자,

성진이,

"누나,

큰일 났어.

잠깐 가 볼 데가 있어!"

그러자,

미숙이 걱정스런 표정으로,

"무슨 일인데?"

하니,

성진이,

"누나 아무 말 말고 따라와 봐!"

그러자,

걱정스런 눈으로 따라간다.

그러자 **성진**이 공장을 지나 산 쪽으로 가자 더 걱정스런 표정을 하다가,

바로 아름다운 전원주택이 보이자

놀라면서,

"어머, 이게 뭐야?

언제 여기에 이런 것이…."

하며 말을 못 한다.

그러면서

성진을 따라 들어간

미숙은,

안에 들어가자 그 아름다움에 더욱 놀란다.

"**성진**아, 이게 도대체 뭐니?"

하자,

성진이,

"응, 내가 누나하고 형님께 드리는 작은 선물!"

이라고 하자,

너무도 감격한 **미숙**은 **성진**을 안고 울음을 터트린다.

그러자,

성진이,

"누나, 이러다가 형님이 보면 나 맞아 죽어!"

하자,

그래도 **미숙**은,

성진을 안은 채,

"**성진**아. 정말, 정말 고맙다."

그때,

작은 방에 있던,

황민철이 빙그레 웃으며 나타난다.

황민철을 본 **미숙**은 또 깜짝 놀란다.

그러면서,

"**민철** 씨,

당신이 어떻게 여기에…."

하다가,

민철과 **성진**이 하하 하고 웃는 걸 보고선,

"**성진**아,

너 또 누나 골리려고 장난친 거지~~"

하면서,

미숙도 깔깔대고 웃는다.

그렇게 **성진**은 **미숙**과 **민철** 형님에게 행복을 주었다.

다음은 **지하** 누나라고 생각한,

성진은,

지하 누나와 **영민**이 형에게 전화를 하여,

잠깐만 보자고 연락을 했다.

먼저 나온 **지하**가

"얘, 지금 바쁜데 무슨 일이야?"

그러자,

성진이,

"지난번 산 맹지에 가서 뭐 하면 좋을지 의논할 것이 있어서."

그러자,

지하는,

"왜, 벌써 작업을 하려구?"

"응, 맞아.

그래도 누나하구 의논은 해야지!"

라고 하자,

지하는,

"흥, 그래도 누나가 필요한 건 아는구나."

하면서 웃는다.

그때,

영민이 오는 걸 보고,

지하가 깜짝 놀라며,

"**영민** 오빠도 가는 거야?"

그러자,

성진이,

"응, 형하고도 의논해야 되는 것 아냐?"

그러자 **지하**는 흐뭇해하며,

"응, 그래."

하며 고개를 끄덕였다.

영민이,

"**성진**아, 무슨 일이냐?"

하자,

성진이,

"두 사람 아무 말 말고 따라오기나 해 봐."

그리고,

앞장서서,

공장 끝자락에 가서 산 쪽으로 올라갔다.

성진을 따라오던 두 사람은,

아름다운 전원주택을 보자 깜짝 놀랐다.

더욱 놀란 사람은,

손지하였다.

성진이 땅 이야기를 한 것이 불과 한 달도 되지 않았는데

이런 아름다운 집이 벌써 이곳에 있다는 것이 믿기지가 않았다.

무슨 요술을 부린 것처럼!

두 사람 모두,

넋을 잃고 따라와서 집 안에 들어가자,

그 아름다움에 다시 한번 감탄을 하고 말았다.

더구나,

아무것도 모르는 **영민**은 무슨 말조차 할 수가 없었다.

지하가,

"**성진**아, 어떻게 된 거야?"

라고 하자,

"이거 동생이 형하고 누나하고 오래오래 살라고 주는 선물이야!

이 '**희망의 수도원**'을 처음 만들게 한 사람은 **영민**이 형이야.

영민이 형이 없었다면

애초에 '**희망의 수도원**'이니 '**행복한 농산물**'이니 하는 건 태어나지도 않았어."

그러자,

영민이,

"**성진**아,

그런 말 같지도 않는 말은 하지 마.

이곳의 모든 것은 우리의 제갈공명인 **김성진**이 만든 작품이야!

형이나 누나들은 항상 너에게 고마워하고 있단다.

그리고 오늘 이 은혜 영원히 잊지 않을게."

하자,

손지하가,

성진이에게 와,

살며시 안아 준다.

이렇게 **성진**은 두 사람에게도 커다란 행복을 만들어 주게 되었다.

19. 진정한 사랑

'**희망의 수도원**'은
새로 온 사람들이나,
전에 있던 사람들이나 모두 활기 찬 얼굴들이고,
수많은 차량들도 끝없이 드나들고 있다.

그 어느 곳이든,
그 어떤 사람들이든,
모두가 밝기만 하다.

그러나
단 한 사람,
이영애는 오늘도 슬픔 속에서 벗어나지 못하고 있다.
다른 사람들은 '**삼삼작전**'이 끝나자 활기들이 넘치는데
이영애만은 날이 갈수록 슬픔 속에 빠져들고 있었다.
자리에 누워도 이불을 뒤집어쓰고 혼자서 울고만 있다.

가끔 보는,
김성진도 언제나 활기가 넘친다.
게다가 요즘은 자기에게는 별로 관심이 없는 것만 같았다.

그러기에 더욱,

너무 방탕하게 살아온 지난날이 없어지기는커녕

요즘 같은 주위의 상황에선 더욱더 크게 아픈 과거가 살아나고 있었다.

모든 사람들이 자신에게 손가락질을 하는 것만 같았다.

'죽고 싶다.'

하는 마음도 이제는 계속 만들어지고 있다.

그래도 하여야만 하는 전산 작업을 마치고 전산실에서 홀로 쉬고 있는데,

누군가 와서 자신의 손을 잡는다.

보니,

생각지도,

기대도 하지 않고 있던

김성진이었다.

그러자,

이영애는 왈칵 눈물이 나며 무조건 **성진**의 품속으로 들어간다.

아무도 없는 전산실,

성진도 **이영애**를 가만히 안아 준다.

잠깐의 시간이 지나자,

한 마디의 말도 없이,

성진은 **영애**의 손을 잡은 채 밖으로 **영애**를 데리고 나간다.

밖에서 작업을 하던 사람들은 이상한 눈으로 두 사람을 처다 보고 있었다.

밖으로 나온 **영애**는,

성진이 이끄는 대로 산 쪽으로 가서

전원주택으로 들어간다.

그러자,

영애가

놀라면서,

"여기가 어디예요?"

하면서,

한 번도 **성진**에게는 한 적도 없는 존댓말이 튀어 나온다.

안으로 들어가자,

성진이 꾸며 놓은,

거실에는 소파와 탁자가 있었다.

들어와 실내를 본,

영애는,

살면서 평생 처음으로 본 아름다운 광경에 놀라고 만다.

그 광경을 본 **영애**는,

다시,

"여기가 어디예요?"

하며 두려운 듯 다시 물어본다.

그러자,

성진이,

"당신과 나의 집!"

이라고 하자,

멍하게 여기저기 두리번거리던

영애는 다시 눈물을 흘리더니,

그대로

쓰러진다.

깜짝 놀란,

성진이,

영애를 일으켜 세우며,

"영애야, 영애야!"

하면서 팔을 잡고 소파에 앉아 **영애**를 품에 안고 계속 흔든다.

잠시 후 **영애**가 정신을 차리면서 눈을 뜨자,

성진이,

"이제 정신이 드니?"

하고 말하자,

영애는,

힘겹게 일어나 앉더니,

다시 일어나려고 한다.

그러자,

성진이,

영애를 다시 앉히자,

영애는,

"나는 이런 곳에서 못 살아요.

나같이 더러운 년이 이런 곳에서 어떻게 살아요."

하면서.

다시 눈물을 흘린다.

그러자,

성진이,

다시 **영애**를 안으면서,

"**영애**야,

당신처럼 깨끗하고 순수한 여자는 이 세상에 단 한 명도 없어.

아직까지 고통 속에 있으면 어떻게 해.

우리가 이곳에서 한 긴 시간!

나는 우리 **영애**의 모습을 항상 보아 왔어.

당신은 정말 착한 여자야.

과거에 그런 일이 있었기에 오늘의 **이영애**가 탄생할 수 있었던 거야.

이제 모든 건 다 잊고 행복만 바라봐.

네가 힘들면 나는 더 힘들어져!"

하고

얘기를 하자,

이영애는 **성진**의 품속으로 더욱 더 파고들면서 엉엉 울었다.

잠시 후,

울음을 그친,

영애는,

"**성진** 씨, 정말 나, 이래도 되는 거예요?"

그러자,

성진이

"그럼.

오늘 내가 당신 몸 하나하나 씻겨 주고 내가 당신의 모든 것을 가질 거야.

괜찮지?"

하고 말하자,

영애는 다시 한번 안겨 와 눈물을 흘린다.

어느 정도의 시간이 지난 후,

성진은 **영애**를 데리고 욕실로 들어갔다.

하나하나 **영애**의 옷을 벗기자

영애는 살며시 떨면서 눈을 감고 가만히 있는다.

영애의 옷을 벗긴 **성진**이 자신도 옷을 벗고 들어가,

영애의 몸을 깨끗이 씻어 준다.

그러자,

영애도 **성진**의 몸을 씻어 준다.

그다음,

두 사람은 침실로 들어가

이 세상에서 가장 깨끗한 한 쌍으로 탄생하였다.

아마도,

이 **'희망의 수도원'**의 **'삼삼작전'**에서

가장 큰 보물을 얻은 사람은 **김성진**이고,

가장 큰 행복을 얻은 사람은 **이영애**일 것이다.

두 사람의 귀에는

아름다운 **'희망의 속삭임'**이 끊임없이 들려오고 있었다.

20. 희망의 속삭임

그로부터,

한 달 정도가 지난 어느 날,

김미숙은

김성진, 이영애, 손지하, 유영민

이 네 사람을 집으로 초대했다.

집 안은

멋진 가구들로 아름답게 단장되어 있었다.

그리고,

네 사람이 자리에 앉자,

김미숙이,

이 층을 향하여 큰 소리로,

"**민철** 씨!"

하고 부르자,

"응, 그래."

하는 **민철**의 대답 소리가 들리고,

잠시 후 계단 내려오는 소리가 나면서,

황민철이,

어느 초로(初老)의 여인과 그리고 또 한 여인이 함께 계단을 내려왔다.

일행이 의아해서 그들을 쳐다보자,

계단을 내려온 **황민철**과 두 여인이 모두 자리에 앉았다.

그러자,

김미숙이 초로의 여인에게 얘기를 한다.

"**어머니**,

여기에 있는 이 사람들 제가 가장 사랑하는 동생들이에요."

그리고

함께 있는 여인에게도,

"**미경**아,

이 네 사람들은,

앞으로

너에게도 아주 좋은 동생들이자 그리고 친구들이 될 사람들이란다."

그리고

네 사람들에게는,

"**지하**야,

우리 **어머니**와 내 **동생**이야."

그러자,

네 사람이 자리에서 일어나,

두 사람에게 인사를 하자,

미숙의 **어머니**와 **동생**도 일어나서 반갑게 인사를 한다.

인사가 끝나고,

미숙의 **어머니**가

"정말 이곳에 있는 사람들은 모두 대단하고 훌륭한 사람들이네요.

만나서 너무 반갑습니다."

라고 말씀하시자,

네 사람들도

반갑게 서로 이야기를 주고받는다.

이렇게,

서로 반가운 대화가 이어지던 중,

미숙이,

민철을 향하여.

"**민철** 씨,

어머니 모시고 우리 **'희망의 수도원'** 좀 구경시켜 주시지 않으시겠어요?"

하자,

민철은,

"어, 그래.

당연히 모시고 가서 보여 드려야지."

하면서,

두 사람을 모시고 밖으로 나갔다.

어머니를 **황민철**이 모시고 나가자,

김미숙은 정색을 하며 모두에게 이야기한다.

"내가,

우리 **어머니**와 **동생**을 이곳에 오라고 해서 우리의 금기를 깬 것만 같아

동생들에게 미안한데,

사실,

나는 얼마 전부터 곰곰이 생각을 했어.

우리는,

우리 모두를 망치게 한,

원인을 현 사회에 있다고들 생각하고 있지만

사실 1차적인 책임은 우리 자신들에게 있는 것도 사실이라고.

우리는

어두운 슬픔만을 준 혼탁한 사회를 떠나,

'**희망의 수도원**'을 만들어 여기까지 왔지만,

여기에 와서도

항상

현 사회를 탓하기 이전에,

그런 사회에서 그러한 생활을 한 우리에게

가장 큰 잘못이 있다는 생각도 지워 버릴 수가 없었단다.

그리고

그러한 생활 속에,

가족 등 주위 사람들의 비난을 받으며 살아온 것도,

어쩌면 당연한 우리의 행동이 만든 것이라고 생각해.

그 가까운 사람들의 비판에 우리는 화도 나고 슬프기도 하였지만,

그렇게 우리를 비난하고 좋지 않은 소리를 한,

가족들은,

더욱 고통 속에 살았으리라 생각해.

그래서

지금 우리는

'희망의 수도원'을 만들어 온갖 고생을 겪으며 지금의 우리를 만들었지만,

여기에 있는 우리 모두는,

가족들을 향한 그리움은 아직 지워지지 않았다고 생각해.

지금의 우리가 이룬 것이 완벽하다고들 생각하지만,

아직 많은 가족들은

가장 소중한 가족과의 관계는 조금도 달라지지 않았다는 슬픈 마음으로

살아가고 있을 거야.

그래서

우리에게는,

이제 가장 중요한 것이 남았다는,

생각이 들어서,

그간,

가끔은 연락을 해 왔던,

동생을 통하여,

어머니를 모시고 오게 한 거야.

내가 사회에 있으면서 타락한 생활을 할 때,

어머니가 당시의 나의 생활과 행동을 부정적인 시각으로 보신 것은 당연

하다고 생각해.

또한,

주위로부터 나에 대한 비난의 말을 들었을 때,

가슴이 많이 아프셨을 거야.

그러시던 어머니께서,

이곳에 와서 나를 보시고는,

지금까지 생각하시던 것과는 전혀 다른 나를 본 것 같다고 하시는 말씀을

들었을 때,

정말,

우리 **'희망의 수도원'**에 대한 고마움을 다시 한번 느꼈단다.

이렇게 나는,

어머니를 15년이 넘는 세월에 처음 만나서

나는 **어머니**께 마음의 고통을 준 죄를 벗게 되었고,

어머니는,

그동안 나에 대한 미움의 말을 여기저기 한 것에 대한 미안함을 말씀하셨
어.

그 말을 들었을 때,

나는 더욱 미안하고 죄스러웠지만,

가장

큰 행복도 가질 수 있었단다.

지금,

어머니도 나도 너무너무 행복하단다."

이렇게

김미숙이 이야기하자,

일행들은 침묵 속에 눈시울을 붉히고 있고,

이영애는 눈물을 흘리고 있었다.

김미숙의 말을 들은

손지하가,

"언니,

정말 훌륭해.

나도 가족들이 정말 보고 싶어.

그동안은,

가족들 생각만 하면,

내가 한 짓은 생각지도 않고 힘들게 별 짓을 다하며 고생스럽게 살아가는

나에게 언제나 야단과 미움으로 대하는 부모님과 주위가 너무 미웠어!

  하지만,
  언니의 말을 들으니,
  우리가 우리 자신들을 위하여 **'희망의 수도원'**을 만든 것 이상으로 가족과
의 관계도 중요한 문제라는 생각이 들어.
  나도,
  언니처럼 가족과 행복한 관계를 만들도록 할 거야.
  우리가,
  이렇게 건강하게 사는 것을 본다면 가족들도 과거의 모든 것을 하루아침
에 잊게 될 거야."
  라고 이야기를 하자,
  모두 서로 쳐다보며 공감을 하면서 또 감격을 하는 것 같았다.

  그것은 아마도,
  여기 있는 사람들뿐 아니라,
  '희망의 수도원' 모든 가족들의 소망이기도 할 것이다.

  이렇게,
  '희망의 수도원'에는

  모든 가족들의,
  '희망의 속삭임'이 힘차게 울려 퍼지고 있었다.

그 어느 책에서도 찾아 볼 수 없는 살아있는 글이며,
그 어떤 사람의 삶에서도 찾아 볼 수 없는 일생을 그리고 있다.

저자의 자서전

"이것이 아빠란다"

1권 지영의 노래

짧은 생을 살고 떠난 어느 여인의 백합처럼, 티 없이 맑고 순수한 아름다운 마음, 그리고 한없이 깊은 사랑이, 사치와 향락, 그리고 위선이 가득한 이 사회에 어떠한 교훈이 될 수도 있을 것이다.

2권 승부의 세월

지영을 잃은 끊임없는 슬픔과 고통 속에서도 험난한 이 사회를 이기기 위하여 평생 도전의 삶을 살아온 낭인의 삶은, 현, 우리의 젊은 세대들에게 생각하고 도전하면 무엇이든지 할 수 있다는 교훈을 준다.

3권 우리 진상과의 대화

자녀들과 헤어진 후 자녀를 그리며, 매일 아침, 블로그를 통하여, 그리운 자녀에게 짤막하게 쓴 글로, 그 글 속에는 자녀들에 대한 그리움과 함께, 낭인 나름대로의 매 글마다 간단한 교훈이 담겨진 글이다.

이 안에는 재미는 물론, 사랑, 감탄, 액션,
그리고 계속되는 감동과 교훈이 가득한 책이다.

거친파도 속의
하모니 ❸
희망의 속삭임

ⓒ 신형범, 2023

초판 1쇄 발행 2023년 8월 11일

지은이	신형범
펴낸이	이기봉
편집	좋은땅 편집팀
펴낸곳	도서출판 좋은땅
주소	서울특별시 마포구 양화로12길 26 지월드빌딩 (서교동 395-7)
전화	02)374-8616~7
팩스	02)374-8614
이메일	gworldbook@naver.com
홈페이지	www.g-world.co.kr

ISBN   979-11-388-2164-3 (03810)